de François Barcelo
est le six cent quarante-septième ouvrage
publié chez
VLB ÉDITEUR.

La collection « Roman »
est dirigée par Jean-Yves Soucy.

VLB éditeur bénéficie du soutien de la Société de développement des entreprises culturelles du Québec (SODEC) pour son programme d'édition.

Nous reconnaissons l'aide financière du gouvernement du Canada par l'entremise du Programme d'aide au développement de l'industrie de l'édition (PADIÉ) pour nos activités d'édition.

Nous remercions le Conseil des Arts du Canada de l'aide accordée à notre programme de publication.

TANT PIS

Le 25 mars 2000

À Odette,
en souvenir d'une
belle rencontre,
fortuite comme toujours,
à Hull.

DU MÊME AUTEUR

Agénor, Agénor, Agénor et Agénor, roman, Montréal, Les Quinze, éditeur, 1981 ; Montréal, Typo, 1988.

La Tribu, roman, Montréal, Libre Expression, 1981 ; Montréal, Bibliothèque québécoise, 1998.

Courir à Montréal et en banlieue, guide pratique, Montréal, Libre Expression, 1983.

Ville-Dieu, roman, Montréal, Libre Expression, 1983 ; Montréal, Bibliothèque québécoise, 1999.

Aaa, Aâh, Ha ou les Amours malaisées, roman, Montréal, l'Hexagone, coll. « Fictions », 1986.

Nulle part au Texas, roman, Montréal, Libre Expression, 1989.

Les Plaines à l'envers, roman, Montréal, Libre Expression, 1989.

Je vous ai vue, Marie, roman, Montréal, Libre Expression, 1990.

Ailleurs en Arizona, roman, Montréal, Libre Expression, 1991.

Le Voyageur à six roues, roman, Montréal, Libre Expression, 1991.

Longues Histoires courtes, nouvelles, Montréal, Libre Expression, 1992.

Pas tout à fait en Californie, roman, Montréal, Libre Expression, 1992.

De Loulou à Rébecca (et vice versa, plus d'une fois), roman, Montréal, Libre Expression, 1993. (Sous le pseudonyme d'Antoine Z. Erty.)

Moi, les parapluies..., roman, Montréal, Libre Expression, 1994 ; Paris, Gallimard, coll. « Série noire », 1998.

Vie de Rosa, roman, Montréal, Libre Expression, 1996.

La Face cachée des pierres, traduction de *The Underside of Stones* de George Szanto, Montréal, XYZ, 1997.

Vie sans suite, roman, Montréal, Libre Expression, 1997.

Cadavres, Paris, Gallimard, coll. « Série noire », 1998.

Premier Boulot pour Momo de Sinro, roman jeunesse, Montréal, Québec Amérique, 1998.

Pince-Nez le crabe en conserve, roman jeunesse, Montréal, Éditions Pierre Tisseyre, 1999.

François Barcelo

TANT PIS

roman

vlb éditeur

VLB ÉDITEUR
Une division du groupe Ville-Marie Littérature
1010, rue de La Gauchetière Est
Montréal, Québec H2L 2N5
Tél. : (514) 523-1182
Téléc. : (514) 282-7530
Courriel : vml@sogides.com

Maquette de la couverture : Nicole Morin

Données de catalogage avant publication (Canada)
Barcelo, François, 1941-
Tant pis
(Roman)
ISBN 2-89005-732-1
I. Titre.

PS8553.A761T36	2000	C843'.54	C99-941848-3
PS9553.E761T36	2000		
PQ3919.2.B37T36	2000		

DISTRIBUTEURS EXCLUSIFS :
Pour le Québec, le Canada et les États-Unis :
LES MESSAGERIES ADP*
955, rue Amherst
Montréal, Québec H2L 3K4
Tél. : (514) 523-1182
Téléc. : (514) 939-0406
*Filiale de Sogides ltée

Pour la France :
D.E.Q.
30, rue Gay-Lussac, 75005 Paris
Tél. : 01 43 54 49 02
Téléc. : 01 43 54 39 15
Courriel : liquebec@cybercable.fr

Pour la Suisse :
TRANSAT S.A.
4 Ter, route des Jeunes
C.P. 1210
1211 Genève 26
Tél. : (41.22) 342.77.40
Téléc. : (41.22) 343.46.46

Pour en savoir davantage sur nos publications,
visitez notre site : **www.edvlb.com**
Autres sites à visiter : www.edhomme.com • www.edtypo.com
www.edjour.com • www.edhexagone.com • www.edutilis.com

Dépôt légal : 1er trimestre 2000
Bibliothèque nationale du Québec
Bibliothèque nationale du Canada
ISBN 2-89005-732-1

À Andrée Lachapelle,
parce que je pense qu'elle habite à Saint-Ours
et parce que j'espère que cette dédicace lui fera plaisir.

Une rivière
(avant-propos)

La rivière Richelieu a beau être une rivière, on dit le Richelieu, jamais la Richelieu. Est-ce en vertu du sexe du cardinal à qui elle doit son nom ou à cause du fait qu'elle est large comme bien des fleuves? On l'ignore, mais on sait qu'elle coule du sud au nord, depuis le lac Champlain jusqu'au fleuve Saint-Laurent. Elle permet de joindre en bateau Montréal et New York sans faire un long détour par l'Atlantique et a longtemps été une voie de navigation irremplaçable pour les passagers et les marchandises. Depuis l'avènement des chemins de fer et des voitures automobiles, elle ne sert plus qu'à la navigation de plaisance.

Peu de cours d'eau ont changé de nom aussi souvent que celui-là en aussi peu de siècles.

À l'arrivée des Français, il fut baptisé rivière des Iroquois puisqu'il servait de frontière naturelle entre les territoires iroquois à l'ouest et abénaquis à l'est.

En 1642, les Français ont érigé un fort au confluent de la rivière et du fleuve. Ce fort fut désigné du nom de Richelieu, le cardinal étant décédé cette année-là. Tant qu'à faire, on a donné le même nom à la rivière.

Après l'incendie du fort (par les Iroquois, peut-être outrés qu'on eût osé changer le nom de leur rivière sans leur demander la permission), on est revenu, en toute logique, à rivière des Iroquois.

Mais cela ne dura pas, car en 1660 les Français ont commencé à construire une série de fortins le long de la rivière, toujours pour contenir les Iroquois. L'un d'eux a été nommé fort Saint-Louis. Et la rivière est devenue rivière Saint-Louis.

Elle le serait peut-être restée si un officier français, Jacques de Chambly, n'avait pas obtenu en 1672 une seigneurie à proximité du fort Saint-Louis. La rivière et le fort ont pris le nom de Chambly. Au même moment, au confluent du Saint-Laurent, un autre officier français prenait possession de sa seigneurie et la rivière s'est appelée Saurel ou Sorel entre ce lieu et Saint-Ours (à une vingtaine de kilomètres en amont). De Saint-Jean (à quarante kilomètres de Saint-Ours) jusqu'au lac Champlain, on préféra le nom de rivière Saint-Jean ou de rivière Champlain.

Enfin, au milieu du siècle dernier, le nom de Richelieu a fini par s'imposer. Il n'y eut plus qu'à attendre encore un siècle pour que la Commission de géographie du Canada l'adopte comme toponyme définitif de la rivière.

Trois bacs appartenant à de petites entreprises privées traversent le Richelieu dans sa partie inférieure. Ils relient Saint-Ours et Saint-Roch, Saint-Denis et Saint-Antoine, Saint-Charles et Saint-Marc (tous ces noms de villages ont le suffixe « sur-Richelieu », à l'exception de Saint-Ours qui n'en a aucun et de Saint-Roch-de-

Richelieu, qui fait partie du comté de Richelieu). On appelle ces embarcations des traversiers. Les aînés ont tendance à les appeler traverses, réservant le nom de traversier à la personne (presque toujours un homme) qui dirige la traversée.

Il s'agit de plateformes de métal, reposant sur deux flotteurs, avec à chaque bout un panneau qui s'abaisse pour embarquer les voitures (jusqu'à un maximum de six, parfois huit si toutes sont petites). Du côté aval, une cabine en porte-à-faux, qui fait le tiers environ de la longueur de l'embarcation, abrite le conducteur et loge le moteur diesel qui fait tourner l'hélice. Les traversiers du Richelieu sont guidés par un câble d'acier, retenu par des poulies et tendu d'une rive à l'autre, qui les empêche de dériver. Sauf, bien entendu, lorsque le câble se rompt, ce qui se produit rarement.

Ils sont en fonction depuis tôt le matin jusqu'à tard le soir et parfois plus longtemps encore le week-end. Mais ils n'ont pas d'horaire de départ régulier, car ils quittent le rivage dès qu'une voiture est à leur bord ou que le conducteur du bac aperçoit sur l'autre rive un véhicule qui attend qu'on vienne le chercher.

L'hiver, les traversiers s'arrêtent lorsque l'eau commence à « épaissir » – c'est-à-dire qu'elle prend une apparence gélatineuse. Quelques jours plus tard, la rivière se couvre d'une couche de glace. Dès qu'elle est assez forte pour soutenir le poids d'un homme, on y perce des trous pour faire monter de l'eau à la surface. Ainsi la couche de glace se forme plus rapidement, puisqu'une plus grande quantité d'eau est exposée à l'air. Il est bientôt possible de traverser la rivière en voiture, sur un pont glacé, balisé de piquets plantés de loin en loin.

Malheureusement, il n'y en a plus qu'un, de ces ponts de glace. Ceux de Saint-Roch et de Saint-Marc ont disparu depuis que les municipalités des deux rives refusent de payer les frais d'entretien et l'assurance indispensable lorsqu'un véhicule passe accidentellement à travers la glace.

Et si ce livre voulait être un hommage à quelqu'un, ce serait aux gens de Saint-Antoine et de Saint-Denis, qui acceptent encore, chaque hiver, de faire renaître le dernier pont de glace de la vallée du Richelieu.

Un traversier

La Mercedes s'arrête au milieu de la descente du traversier de Saint-Ours. Pas de chance : il n'est pas là.

Mais il n'est pas loin. Mieux encore : il n'est pas immobile, constate le conducteur de la voiture qui avait craint qu'il ne circule plus après minuit. Au milieu de la rivière, une ampoule blanche à deux de ses coins signale sa présence et oscille avec les faibles vagues.

Il ne reste plus qu'une question : s'en vient-il vers Saint-Ours ou se dirige-t-il vers l'autre rive ? Après un bon moment d'observation, Martin Guertin constate que le bateau vient à lui. Poussé par le courant mais retenu par son câble, il s'est d'abord écarté vers la droite, en direction du fleuve. Mais il vient de dépasser le milieu de la rivière et commence à revenir tranquillement sur la gauche, contre le courant.

L'automobiliste fait quand même un appel de phares, plus pour manifester son impatience que pour signaler sa présence. Ces machins-là sont sûrement pourvus d'un accélérateur. Pourquoi celui-ci navigue-t-il si lentement ?

Martin Guertin n'a pris ce traversier qu'une seule fois auparavant, au début de cette nuit de fin novembre, et en sens inverse, de Saint-Roch à Saint-Ours. Même que l'opérateur du traversier – on ne peut pas appeler capitaine un type qui se contente de faire tourner une hélice et de l'arrêter en arrivant à l'autre rive – l'avait mis dans une rage silencieuse.

Le traversier avait quitté le rivage depuis quelques secondes lorsqu'une camionnette est arrivée dans la descente de Saint-Roch. Son conducteur a lancé un long coup de klaxon pour attirer l'attention. Au plus grand étonnement de Martin Guertin, le traversier s'est arrêté et a fait marche arrière pour aller chercher le retardataire. « On se croirait dans le Tiers-Monde ! » a-t-il soupiré. Un service de traversier le moindrement moderne et professionnel se doit de respecter un minimum de discipline. Une fois qu'un bateau est parti, un bateau est parti. S'il fallait que tous les avions du monde fassent ce coup-là chaque fois qu'un voyageur arrive en retard à l'aérogare alors qu'il reste des sièges libres à bord, plus personne ne voyagerait en avion, c'est évident.

Le traversier accoste. Ce n'est pas trop tôt. Martin Guertin a laissé le moteur de la Mercedes en marche, pour garder la climatisation, qu'il apprécie même par temps froid. La climatisation de cette Mercedes-là est capable de maintenir une température idéale, quelle que soit celle de l'air ambiant : 21 degrés, pas un de plus, pas un de moins.

Il n'y a ni passager ni véhicule à bord du traversier. Le préposé (oui, pourquoi pas le préposé, c'est probablement ainsi qu'on l'appellerait s'il était membre de la fonction publique et rien ne prouve qu'il ne l'est pas) pousse un levier pour abaisser le panneau avant, une rampe d'accès qui ressemble à un pont-levis de château du Moyen-Âge et remplit une fonction semblable dans cette embarcation quelque peu moyenâgeuse.

Du bout du pied, Martin Guertin dégage le frein de stationnement, passe au point mort et la Mercedes avance toute seule. Elle passe aussi à un cheveu de renverser un cycliste quasiment invisible, qui se faufilait imprudemment à sa droite.

« Le con ! » songe l'automobiliste qui se soupçonne d'avoir bu un peu plus que la limite autorisée par la loi. Ce n'est pas le temps d'écraser un cycliste, même si son vélo n'a ni les lampes ni les catadioptres exigés par un code de la route qu'aucun cycliste n'a jamais lu ni encore moins respecté. Et qui est-ce qu'on blâme à tout coup, dans des cas pareils ? L'automobiliste, surtout s'il a bu un peu plus que nécessaire, alors qu'on ne soumet jamais le cycliste – mort ou plus rarement vif – à l'alcootest. Pas étonnant qu'il y ait de plus en plus de délits de fuite. L'automobiliste qui a renversé un cycliste et qui n'est pas totalement idiot n'a qu'à fuir du lieu de l'accident, abandonner sa voiture quelque part, rentrer chez lui et signaler à la police qu'on vient de lui voler son véhicule alors qu'il prenait tranquillement un verre à la maison – tout seul, ou mieux encore avec sa femme s'il en a une et si celle-ci redoute de perdre le gagne-pain familial dans le cas où son mari serait envoyé en prison. Et la police ne peut rien faire, à moins que quelqu'un ait pu identifier l'automobiliste et non seulement son véhicule sur le lieu du crime. Non : de l'accident.

Martin Guertin remet le pied sur le frein. La voiture est avancée bien suffisamment, lui semble-t-il, puisqu'elle est rendue en plein centre du bateau. Mais le préposé – ou le garde-moteur, ce serait très bien, garde-moteur, pour expliquer la tâche de ce type qui ne fait guère plus que ça, garder un moteur – a disparu. En tout cas, il n'est pas là comme au début de la soirée pour lui faire signe d'avancer encore.

L'automobiliste jette un coup d'œil au rétroviseur, parce qu'il est tout à fait possible que le garde-moteur s'occupe de guider un autre véhicule. Mais non : pas l'ombre ou plutôt pas le phare d'une autre voiture. Il est seul avec sa Mercedes.

Oups. Il a dû lever le pied du frein sans s'en apercevoir tandis qu'il regardait en arrière, parce qu'un bruit de verre brisé se fait entendre. Cela semble venir de la droite, en avant. La Mercedes a touché quelque chose. Merde ! C'est ce damné vélo qui semble lui avoir rentré dans un phare un bout de guidon ou de pédale.

Le cycliste est là, debout à côté de sa bicyclette, éclairé par la lueur de l'autre phare.

– Ce n'est rien, dit Martin Guertin après avoir appuyé sur le bouton qui fait baisser la glace.

Il se rend aussitôt compte que c'est à l'autre, qui est en mesure de jeter un coup d'œil aux dégâts, de faire cette constatation si tant est qu'elle soit juste. De toute façon, la première chose à faire, dans un cas pareil, c'est minimiser l'incident. Oui, c'est tout à fait ça : un incident, pas un accident. Éviter à tout prix de faire venir la police qui, de toute façon, n'accourt maintenant que s'il y a un blessé et de préférence un mort, ou mieux, plusieurs. Si le vélo est endommagé, Martin Guertin en offrira un neuf. Ou d'occasion, si le cycliste veut s'en contenter et il aurait bien du culot de demander plus.

L'automobiliste déboucle sa ceinture, ouvre la portière, s'extirpe de son siège, va voir, lui aussi. Le vélo ne semble pas du tout abîmé. C'est une vieille bécane à guidon élevé, probablement sans vitesses. Un machin des années cinquante. Mais la Mercedes est devenue borgne. La lunette qui protège le phare de droite est brisée et l'ampoule doit l'être aussi puisqu'elle n'éclaire plus.

C'est très embêtant. Martin Guertin a encore une bonne cinquantaine de kilomètres à faire pour rentrer à Montréal. Il suffirait qu'un policier zélé remarque le phare brisé et on l'embarquerait pour conduite d'un véhicule automobile avec facultés affaiblies et équipement de sécurité déficient.

Il remonte dans sa voiture dont le moteur tourne toujours. Il l'éteint. Les phares aussi. Non : le phare. Il n'a pas d'autre choix que de rentrer chez lui avec un phare en moins. Il conduira plus lentement.

Mais peut-être le phare de droite n'est-il mort qu'en position code ? Il pousse le levier des phares. Oui, ça marche. À condition de ne pas avoir à croiser des agents de police qui lui en voudraient de les éblouir...

– Pourquoi tu me casses pas la gueule, à la place ?

Trop préoccupé de son phare mort, Martin Guertin n'a pas fait beaucoup attention à une discussion pourtant assez vive qu'il entendait vaguement derrière lui. Mais une des voix vient de parler plus fort et dit sur un ton pathétique des choses pathétiques, qui le font se retourner sur son siège.

Sur la rive, dans la montée, à quelques pas du traversier, deux hommes se disputent quelque chose. Un outil, on dirait. Une grande cisaille, semble-t-il.

Un des deux hommes – celui qui vient de parler ou l'autre, comment savoir ? – s'écarte de son interlocuteur.

Il brandit l'outil (oui, c'est bel et bien une cisaille) au-dessus de sa tête.

– Si ça peut te faire plaisir, ricane-t-il.

Et il abat violemment la cisaille sur la tête de l'autre, qui chancelle mais reste debout.

Martin Guertin se demande pourquoi le cycliste n'intervient pas. Lui, il est de Montréal et cette querelle ne le regarde pas. Mais le cycliste, qui est de la région parce qu'en novembre personne ne se promène la nuit à vélo à des tas de kilomètres de chez lui, connaît probablement les deux rivaux. Pourtant, il ne bronche pas.

L'homme à la cisaille abat encore trois fois son outil sur l'autre, qui fait un pas en arrière. Un dernier coup sur une épaule le fait tomber pour de bon.

– C'est toi qui l'as voulu, dit l'homme debout.

Il a l'élocution brumeuse de celui qui a trop bu. Lui aussi chancelle un peu en faisant quelques pas en avant. Il tombe. Non : il s'est penché, a mis au moins un genou par terre. Il ne se relève pas. Qu'est-ce qu'il peut bien faire ? On dirait qu'il manie sa cisaille. Va-t-il arracher un membre à son adversaire vaincu ? Pas du tout : l'homme achève de couper le câble d'acier qui guide le traversier dans ses traversées. Martin Guertin n'a jamais fait attention à ce câble et à sa composition, mais il lui semble qu'il ne peut être fait d'autre chose que d'acier. Libéré, le bout du câble fuit le rivage en émettant un sifflement de plus en plus aigu, qui est suivi par un « plouf » retentissant. Le conducteur de la Mercedes comprend que c'est le câble d'acier, ou de toute autre matière dont est fait ce câble, qui vient d'achever sa course dans les engrenages ou les poulies ou Dieu sait ce qui le retenait avant sa chute dans l'eau.

Comme de fait, le traversier se met à bouger. Pas tellement vers le large, si on peut parler de large dans le cas d'une rivière, mais vers l'aval, si c'est bien vers l'aval qu'elle coule.

Martin Guertin a pendant une seconde l'idée de mettre le moteur de sa Mercedes en marche pour foncer sans tarder vers le rivage. Mais ça ne fonctionnera pas. Pour commencer, elle devrait faire marche arrière, et il est raisonnable de croire qu'une voiture, même une Mercedes, n'accélère pas aussi vite à reculons qu'en marche avant.

Et puis le rivage s'éloigne trop vite. Martin Guertin lève les yeux vers l'homme à la cisaille, voudrait le supplier de faire quelque chose. Mais l'autre se penche vers l'homme qu'il vient d'assassiner ou à tout le moins de blesser. Le traversier est sa dernière préoccupation.

Le bac se met alors à pivoter. L'avant – ou du moins la partie qui pointe vers le plus ou moins large – se tourne doucement vers l'aval. Oui, c'est bien l'aval, se souvient Martin Guertin. L'amont, c'est quand on monte la rivière, alors l'aval ça ne peut être que la direction qu'on suit quand on descend. Il peut encore espérer que la proue de l'embarcation se dirigera vers le rivage.

Il est vite déçu. Pour commencer, il doit admettre que ce bateau n'a pas de proue. Ou plutôt il en a deux, selon la direction dans laquelle il s'en va, puisqu'il ne fait jamais demi-tour avant de repartir dans l'autre direction. De plus, la proue (pourquoi ne pas l'appeler la proue puisque c'est cette extrémité-là qui était pointée vers sa destination, Saint-Roch ?) ne fait qu'un quart de tour, et le bateau se place parallèlement à la rive. Mais un peu plus loin d'elle que tout à l'heure.

Martin Guertin grimace. Doit-il se jeter à l'eau et rejoindre le rivage à la nage pendant qu'il en est encore temps ? Non. Pas dans cette eau glacée du – quelle date déjà on est en novembre ? Il étire le bras, relève la manche de son manteau pour voir sa Rolex à la lueur des lampes du traversier : le jeudi 26 novembre, une heure 28.

Une heure et demie ? Il avait oublié qu'il était si tard. Il y a eu cette réunion avec sa cliente et l'acheteur, chez le notaire à Saint-Ours. Ils sont ensuite allés, lui et sa cliente, prendre un verre ou deux dans un bar voisin pour fêter ça – elle, son chèque de cinq cent dix-huit mille dollars, lui, sa commission d'agent immobilier : six pour cent, parce qu'il avait trouvé et la vendeuse et l'acheteur. Donc, une commission de combien, déjà ? Chez le notaire, il a cherché la réponse sur sa calculette pendant que personne ne regardait, mais il a déjà oublié le résultat. Il sait seulement qu'une fois le chèque déposé il ne lui restera plus que sept mille dollars en banque, mais au moins sa marge de crédit sera renflouée. Pour un moment.

Ce n'est pas le temps de faire des calculs de commission. Le traversier continue de glisser vers le centre de la rivière. Encore heureux qu'il y ait de la lumière à deux des coins du bateau. Les secours pourront le trouver plus rapidement. Et puis, il y a le moteur qui tourne. Cela aussi, c'est rassurant. Il sera facile d'atteindre une des deux rives, de préférence celle de Saint-Roch, mais ce n'est pas bien grave si c'est celle de Saint-Ours ; il ira prendre le pont à Belœil, ce qu'il aurait fait s'il avait su que ce damné traversier lui causerait tant de problèmes.

Martin Guertin se souvient tout à coup qu'il n'est pas le seul passager de ce navire en perdition (en perdition ? pas tout à fait, mais quasiment). Où est-il passé encore, ce crétin de cycliste ? Aurait-il eu le temps d'abandonner le bateau ?

Non : il est toujours là, appuyé à la rambarde. Il suffit de l'interroger.

– Savez-vous comment ça marche, ces bateaux-là ?

– Ça fait quarante ans que je le prends toutes les semaines, répond le cycliste.

Martin Guertin déteste les gens qui ne répondent pas directement aux questions qu'on leur pose. En particulier les gens qui ont des maisons à vendre. On leur demande, parce qu'on sait que l'acheteur veut le savoir mais n'ose pas le demander lui-même puisqu'il s'imagine que son agent est payé pour ça : « Est-ce que la plomberie est en bon état ? » Et on se fait répondre : « Le motif des carreaux de la salle de bains est exclusif, vous savez. » À côté de ça, la langue de bois des hommes politiques (des femmes aussi, mais elles sont moins douées, si vous voulez son avis) est un modèle de limpidité.

Il a envie de se fâcher, mais ce n'est pas le moment. Il aura vraisemblablement de longues minutes à passer avec ce type. Mieux vaut établir et maintenir un minimum de courtoisie. Et reposer la même question, mais sous une nouvelle forme :

– Comme ça, vous ne savez pas comment ça marche ?

– Ça prend un câble. Mais y en a plus.

Martin Guertin ne lui a pas demandé comment ça marche, mais s'il sait comment ça marche. Il est à un doigt de se mettre en colère contre ce vieux fou. Dans l'obscurité, il le voyait mal, et il a d'abord cru, du simple fait que c'était un cycliste, qu'il s'agissait d'un homme plutôt jeune. Mais c'est un vieux, ça s'entend. Probablement un type qui s'est fait enlever son permis de conduire dix fois et qui s'est résigné à se promener à vélo. Martin Guertin fait un effort héroïque pour se radoucir et demander encore, poliment :

– Comment on fait pour retourner au rivage ?

– Je pense qu'y a pas de gouvernail.

Même si le cycliste n'a pas vraiment répondu à sa question, l'agent immobilier ne s'en plaint pas, cette fois, parce que d'autres préoccupations commencent à l'assaillir. Sans gouvernail et sans câble, il est évidemment impossible de retourner au rivage. Le bateau continuera comme ça, à descendre le courant. Longtemps ?

– Je me demande jusqu'où on va aller ? se demande-t-il à haute voix parce qu'il doute d'obtenir une réponse s'il adresse sa question au cycliste.

– Des fois, la traverse a été s'échouer pas loin.

Enfin une véritable réponse et des paroles rassurantes. Quoique Martin Guertin déchante bientôt. Si le traversier s'échoue quelque part, même pas loin, il sera facile pour le cycliste de partir avec son vélo, mais il sera probablement impossible de débarquer la Mercedes. Il faudra attendre qu'un bateau vienne les remorquer et les ramène tous à Saint-Ours ou Saint-Roch, le traversier, la voiture et lui. Cela prendra des heures. Peut-être même qu'il faudra attendre le jour. Au moins, on est jeudi – pas dimanche, jour pendant lequel les services qui s'occupent de récupérer les traversiers à la dérive ne fonctionnent probablement pas ou au plus strict ralenti.

– En soixante-cinq, reprend le cycliste, non je pense que c'était en soixante-six. Non, soixante-cinq...

Martin Guertin se fiche comme de l'an quarante des années soixante-cinq et soixante-six réunies. Il décide de ne pas écouter les radotages de son compagnon qui dit encore quelque chose. Mais, à bien y penser, aussi bien lui demander de répéter. On ne sait jamais.

– Pardon ? Je pensais à autre chose.

– En soixante-cinq, il s'est rendu jusqu'au fleuve, répète le vieux, obligeamment.

Jusqu'au fleuve ! Combien de temps ça peut prendre pour se rendre au fleuve ? s'interroge longuement Martin Guertin qui finit par admettre qu'il ne peut s'en faire une idée, même floue, puisqu'il ne connaît ni la vitesse du courant ni la distance à parcourir jusqu'au Saint-Laurent.

– C'est long, jusqu'au fleuve ?

– C'est passé Sorel.

Martin Guertin a envie de jeter par-dessus bord son compagnon d'infortune. Mais peut-être sera-t-il utile à quelque chose s'il le garde. L'agent immobilier était professeur de littérature avant de changer de métier. Aucune de ses deux professions ne lui a procuré les connaissances pratiques qui pourraient se révéler indispensables en pareille situation. Et un type qui prend le traversier depuis quarante ans sait sur le fonctionnement de ce genre d'embarcation des tas de choses que lui-même ne peut deviner.

– Qu'est-ce qu'on peut faire ? demande-t-il sur un ton qui s'efforce de masquer son impatience et surtout son inquiétude croissante.

Le vieux s'écarte de la rambarde, entre dans la cabine et le ronronnement du moteur s'arrête.

Martin Guertin va protester, mais il reconnaît, sans qu'on ait à lui expliquer, qu'un moteur dépourvu de gouvernail est également dépourvu d'utilité.

– Qu'est-ce qu'on fait maintenant ?

Le cycliste ne répond rien cette fois encore. Et c'est peut-être justement la première fois qu'il répond parfaitement et clairement, car il n'y a rien à faire – même un prof de littérature recyclé dans l'immobilier est forcé de le reconnaître. Il n'y a qu'à attendre. Martin Guertin attend donc une ou deux bonnes minutes avant de s'exclamer :

– Mais j'ai mon cellulaire !

Il sort de la poche de son manteau de poil de chameau un appareil minuscule qu'il déploie, convaincu qu'il va épater le vieux cycliste. Mais son compagnon ne manifeste aucune forme de surprise ou d'admiration. Tant pis. Il va voir ce qu'il va voir et de quoi cet appareil, si petit qu'il soit, est capable en cas d'urgence.

– Ma femme d'abord, explique Martin Guertin. Je lui avais dit que je serais là avant minuit.

Il appuie sur un bouton et sur un autre, met l'appareil à son oreille. Le téléphone sollicité sonne trois fois, puis la boîte vocale s'enclenche. La voix de Martin Guertin répond à Martin Guertin : « Vous êtes bien chez Martin Guertin et Lise Maisonneuve. Veuillez nous laisser un message, s'il vous plaît. »

Il a toujours été fier de la concision de son message, particulièrement indiquée lorsqu'on l'entend d'un téléphone portable tarifé à la fraction de minute.

– Lise, c'est moi. Je suis sur le traversier de Saint-Ours et le câble vient de casser. Je vais être en retard. Ne m'attends pas.

Il coupe la communication.

Il a été stupide à plus d'un titre, et il s'en rend compte immédiatement. D'abord, sa femme ne peut lui apporter aucune forme de secours. C'est à la garde côtière qu'il aurait dû téléphoner. Ou à la police. Pas à sa femme, en tout cas. Et puis, de toutes les excuses qu'il a utilisées en trois ans de mariage pour justifier ses retards nocturnes pas si fréquents, puisqu'il a été bien plus souvent fidèle que le contraire, celle-là est la plus louche. Bien entendu, elle sera vérifiable, au téléjournal de demain ou dans les journaux de vendredi si c'est jugé fait divers sans intérêt par la presse électronique, mais en attendant Lise sera convaincue qu'il la trompe, alors que pour une fois ce n'est pas du tout ça. De toute façon, qu'est-ce qu'elle fait à ne pas être à la maison à cette heure-là ? Il se rappelle qu'avec son système de boîte vocale on peut tomber sur le message enregistré alors que la ligne est simplement occupée. Donc, Lise n'est peut-être pas sortie. Mais à qui peut-elle parler à une heure pareille ?

Il rallume son appareil, ne fait pas attention à un minuscule témoin rouge qui se met à clignoter, et appuie de nouveau sur le bouton qui compose automatiquement le numéro de la maison.

« Vous êtes bien chez Martin... »

Il coupe. De toute façon, ça n'a pas d'importance. Le plus urgent, c'est de téléphoner aux autorités, peut-être déjà alertées de la disparition du traversier, pour leur demander à quelle heure, en quel endroit et de quelle manière on va le tirer de là. Si c'est trop compliqué de récupérer la Mercedes tout de suite, il rentrera à Montréal en taxi. L'assurance devrait payer le taxi et le remorquage de la voiture. Il a pris l'option « Prime

Plus », qui donne un tas d'avantages dont il a oublié la description, mais celui-là en fait sûrement partie.

Tout à coup, la lumière s'éteint sur le traversier : les deux lampes aux coins et l'ampoule nue dans la cabine.

– C'est la batterie, dit le vieux. Elle doit plus être bonne.

Martin Guertin comprend en effet qu'une vieille batterie qui n'est plus rechargée par le bidule du moteur qui recharge la batterie, ça peut se décharger rapidement. Et que, sans lumière, les secours pourront difficilement les trouver.

C'est alors qu'il a une idée. Une idée plutôt généreuse, ce qui ne lui arrive pas souvent.

– On pourrait prendre la batterie de la Mercedes et la mettre à la place de l'autre, suggère-t-il.

Mais aussitôt faite, il regrette sa proposition. Il n'est pas vraiment raisonnable d'utiliser une batterie de Mercedes dans un bateau comme celui-là. Heureusement, le vieux décide, après avoir réfléchi quelques secondes :

– Je vas voir si je peux repartir le moteur.

Il retourne dans la cabine, et le moteur se remet à tourner. Les lumières vacillent un instant avant de s'allumer pour de bon. Martin Guertin s'étonne : comment le moteur peut-il démarrer si la batterie est à plat ? Un dispositif spécial, sans doute, pour empêcher la batterie de se décharger totalement si un crétin oublie d'éteindre les lumières. Sa Mercedes a ça, et c'est souvent utile parce qu'il a tendance à oublier d'éteindre les phares.

Le vieux monte sur un tabouret, dévisse l'ampoule qui éclaire la cabine. Il ressort, grimpe sur la rambarde, étire le bras, dévisse une des deux ampoules qui signalent la présence du traversier. Ce n'est pas bête : une seule suffit et consomme trois fois moins d'électricité que trois.

– Merci, murmure Martin Guertin, de plus en plus conscient de l'utilité de son compagnon.

Un instant plus tard, l'homme retourne à la cabine éteindre le moteur.

– On a tourné, dit-il en guise d'explication.

Martin Guertin réfléchit et comprend : le vieux avait mis le moteur en marche parce que le bateau avait pendant un moment semblé disposé à se diriger vers le rivage si on lui permettait d'avancer. Puis, pour des raisons mystérieuses, le bateau s'est redressé. La proue pointe maintenant vers l'aval. Avec le moteur en marche arrière, on parviendrait tout juste à faire du surplace. En marche avant, on descendra plus rapidement, mais s'il y a des obstacles, la collision sera plus violente. Aussi bien se laisser aller avec le courant.

Satisfait d'avoir tout compris sans avoir eu à poser une seule question qui serait vraisemblablement restée sans réponse, Martin Guertin rallume son portable, remarque enfin le clignotant rouge, se rend compte que c'est celui qui est au-dessous de l'indication *bat low*. La pile rechargeable est presque à plat. Et il n'a pas le chargeur avec lui. Il l'a gardé six mois dans la boîte à gants de la Mercedes, sans jamais s'en servir, puisqu'il avait toujours l'occasion de recharger son cellulaire à la maison. Et comme une boîte à gants d'agent immobilier est toujours bourrée de choses infiniment plus utiles qu'un chargeur de cellulaire qu'on n'utilise jamais, il a fini par le ranger dans un tiroir de son bureau.

La pile est faible. C'est le moment ou jamais de faire le bon appel au bon endroit. Il réfléchit. Les garde-côtes ?

Oui, c'est là qu'il faut appeler si le Richelieu est un cours d'eau fédéral. Et Martin Guertin sait, parce qu'un agent immobilier est forcé de connaître un million de choses qui n'ont pas toujours un rapport évident avec sa profession, que le Richelieu est une voie d'eau navigable, donc du ressort du gouvernement fédéral, seules les voies d'eau non navigables relevant du provincial. Mais la Garde côtière canadienne patrouille-t-elle encore le Richelieu à ce moment-ci de l'année ? Ce n'est pas sûr : les bateaux de plaisance ont disparu depuis longtemps. Il ne reste que les traversiers disséminés le long de la rivière. Et que pourrait-il arriver à un traversier qui puisse justifier l'intervention des garde-côtes ? Rien, tant que son câble tient le coup.

La Sûreté du Québec ? Il hésite avant de confier son sort à des gens qu'il finance généreusement par ses impôts et ses contraventions. S'il demande leur aide, celle-ci sera coûteuse et il faudra la payer par des contraventions supplémentaires si on ne la lui fait pas payer tout de suite. D'autant plus qu'il ignore si le code de la route l'autorise à avoir la garde d'une voiture sur un traversier alors qu'il est en état d'ébriété, même s'il sent que l'effet de l'alcool se dissipe rapidement. Les emmerdements, ça lui fait toujours ça : sobriété accélérée. Et puis, la Sûreté du Québec a-t-elle juridiction sur un traversier qui navigue dans un cours d'eau fédéral ?

Au diable, la SQ. Il y a mille fois mieux : les pompiers !

Impossible qu'une municipalité sise au bord d'une rivière n'ait pas un quelconque service de secours nautique. Dans les villages et les petites villes, ce sont des pompiers volontaires, prêts à accourir à toute heure du jour ou de la nuit au secours de la veuve, de l'orphelin et du naufragé. Pourquoi ? Cela aussi, Martin Guertin le sait : parce qu'ils sont payés de l'heure travaillée, pas à ne rien faire dans leur station comme les pompiers des grandes villes. S'ils ne peuvent pas le secourir, ils téléphoneront à la garde côtière. Ou, soupire-t-il, à la Sûreté du Québec si c'est elle qui s'occupe des naufrages sur le Richelieu.

De toute façon, il doit téléphoner aux pompiers du village le plus proche. Saint-Ours ou Saint-Roch ? Il regarde des deux côtés. Et il lui semble que le traversier est un tout petit peu plus près de l'autre rive, qui est, de surcroît, sa destination. Et ce serait plus commode si on le ramenait là plutôt qu'à son point de départ. Va pour Saint-Roch.

Il fait *411 sur le clavier du téléphone.

– Renseignements pour quelle ville ? demande une voix enregistrée.

– Saint-Roch.

– De Mékinack, de l'Achigan ou de Richelieu ? s'enquiert alors une vraie voix de vraie femme.

– Euh... de Richelieu, je pense. Oui, c'est ça : Saint-Roch-de-Richelieu. Ou sur-Richelieu, mais je pense bien que c'est de. Le numéro des pompiers, s'il vous plaît.

– Je vous le donne, mais vous auriez pu faire le 911.

Il y a un bref silence pendant que la téléphoniste cherche le numéro. En fait, c'est un silence moyennement long, puis intolérablement long. Martin Guertin regarde l'appareil : le clignotant de pile faible a cessé de clignoter. Cela ne veut pas dire que la pile n'est plus faible ; cela signifie qu'elle est à plat.

– J'aurais dû faire le 911, dit Martin Guertin à haute voix.

Il appuie sur le bouton « Power ». Aucun des voyants lumineux habituels ne se manifeste. Il fait dix fois 911, sans effet. Le téléphone est mort. Il a envie de le lancer par-dessus bord. Il le remet dans la poche de son manteau.

– Ça marche pas ?

Martin Guertin croit sentir un peu d'ironie dans la voix du vieux cycliste.

– C'est la pile. Ça va revenir si je la laisse reposer.

Il n'en est pas du tout sûr. Mais ça lui fait du bien de l'affirmer. Il déclare encore :

– De toute façon, ils vont sûrement venir nous chercher bientôt.

Cela aussi le rassure quelque peu. Mais il serait un peu plus rassuré si le vieux avait au moins hoché la tête au lieu de faire « tsut-tsut » entre ses lèvres. Pourvu qu'il ne dise pas encore : « En soixante-cinq… »

Il ne le dit pas. Mais Martin Guertin ne lui en est pas plus reconnaissant.

Il s'appuie à la rambarde, scrute les eaux comme s'il allait en sortir un sous-marin ou le monstre du loch Ness. En fait, il cherche quelque chose à dire. Quelque chose qui justifierait sa nullité totale dans presque tous les aspects de la vie pratique, à commencer par l'utilisation d'un téléphone cellulaire. Il trouve, même si ce n'est pas évident :

– J'étais professeur de littérature. Au collégial.

Le vieux ne réagit pas. Ou plutôt si : il lance un grand filet de crachat dans l'eau de la rivière. Comme s'il avait chiqué du tabac.

Tiens, cela rappelle à Martin Guertin qu'il n'a pas fumé depuis un bon moment. Il tâte les poches de son manteau, puis ouvre celui-ci à la recherche d'un paquet de cigarettes qu'il sait ne pas avoir, puisqu'il se souvient que, en quittant le bar de Saint-Ours, il s'est arrêté devant un dépanneur dans l'espoir d'en acheter un, mais c'était fermé.

Tant pis. D'autant plus que, si on interdit maintenant de fumer dans les avions, il n'est pas impensable qu'on l'interdise aussi sur les traversiers.

Un livre

Martin Guertin a toujours été paresseux et fier de l'être. S'il avait à peu près réussi sa vie en travaillant si peu, cela ne prouvait-il pas qu'il était un des plus brillants cerveaux de sa génération, même si personne d'autre que lui ne se doutait de l'ampleur de sa supériorité intellectuelle ? Mais cela ne faisait que le renforcer dans sa conviction. Les cerveaux vraiment brillants sont rarement reconnus par les cerveaux médiocres de leurs contemporains.

Son plus grand titre de gloire, même si personne ne se doutait non plus de cela : avoir été professeur de littérature en n'ayant en pratique lu qu'un livre (à quelques reprises, mais c'était toujours le même).

Tout avait commencé lorsque, étudiant en maîtrise à l'université, il avait eu à choisir le sujet de son mémoire. D'autres, plus ambitieux, avaient témérairement opté pour une millième étude de *À la recherche du temps perdu* ou une cinquième des œuvres de Jacques Ferron. Plus modeste, une condisciple avait promis de se pencher sur Hubert Aquin.

Martin Guertin avait épaté tout le monde en annonçant son choix : Gaston Miron. Il avait été séduit de prime abord par la rime dans le nom du poète, qui n'était pas sans rappeler celle de son propre nom. Et puis, ils avaient les mêmes initiales, quoique pas dans le même ordre.

À l'époque, ce choix était audacieux, non seulement parce que le poète de *L'Homme rapaillé* n'avait pas encore atteint une grande notoriété (il n'était pas passé chez Pivot) mais surtout parce qu'il vivait encore. Et les professeurs détestaient qu'un de leurs disciples choisisse un auteur vivant. De quoi aura-t-on l'air si l'auteur choisi écrit tout à coup une œuvre qui contredit les conclusions du mémoire – ou, pire encore, s'il s'abaisse à écrire pour la télévision ?

Mais le cas de Gaston Miron était différent : il n'avait presque rien écrit depuis des années. Et il semblait tout à fait improbable qu'il s'y remette un jour. Ou que la télévision le sollicite.

Surtout, Gaston Miron avait un avantage rare aux yeux de Martin Guertin : ses œuvres complètes tenaient en un seul et unique petit volume, *L'Homme rapaillé,* dont tout le monde disait du bien mais que presque personne n'avait lu.

Le directeur de maîtrise sollicité par Martin Guertin trouva son choix judicieux : il existait peu d'études sur Miron. Et lui, quelque peu paresseux lui aussi, n'aurait qu'un livre à lire au lieu de se farcir tout Ferron comme un de ses collègues.

Martin Guertin écrivit donc sans trop de mal *Norim Notsag : une lecture à l'envers de l'homme élliapar.* Il y démontrait que, si on lisait l'œuvre de Gaston Miron en commençant par la fin, on en faisait une lecture tout à fait différente. Le livre commençait alors par

« Je demande pardon aux poètes que j'ai pillés » et se terminait avec « je suis arrivé à ce qui commence ». Son directeur de maîtrise dut admettre que c'était beaucoup plus significatif et plus original que l'inverse.

L'étudiant avait quand même fait son travail consciencieusement : il avait lu *L'Homme rapaillé* deux fois. Une du début à la fin ; et l'autre de la fin au début.

Un jour, en déambulant dans les rues de Montréal, il avait rencontré le poète, à qui il avait trouvé une tête de commis de banque de campagne. Il avait osé l'aborder, lui annoncer qu'il écrivait un mémoire sur son œuvre, ce qui avait laissé Gaston Miron complètement indifférent. Celui-ci s'était plutôt lancé dans une longue diatribe au sujet d'une déclaration du premier ministre de l'époque (le provincial ou le fédéral ? Son interlocuteur aurait été bien en peine de le dire) dans *Le Devoir* de ce matin-là. L'étudiant avait fait semblant d'écouter avec attention, en opinant du bonnet même s'il ne comprenait guère plus les propos du poète que ses poèmes.

Quelques mois plus tard, il lui avait envoyé une copie de son mémoire et n'en avait obtenu aucun commentaire, ce qu'il choisit d'interpréter comme un témoignage d'approbation.

Il obtint sa maîtrise avec la mention Distinction et se trouva aussitôt un emploi dans un collège public de Montréal, où il donna pendant presque vingt ans un cours de poésie québécoise.

Ses élèves appréciaient surtout le fait qu'il n'avaient à lire que 1458 vers pour suivre son cours. Martin Guertin considérait que la prose du *Recours didactique* ne pouvait pas être raisonnablement considérée comme partie intégrale ou essentielle de l'œuvre poétique de Miron.

Il attirait les élèves les plus paresseux, qui étaient aussi souvent les plus brillants, s'imaginait-il en se prenant comme exemple.

Au bout de quelques années, ses collègues et la direction du collège lui firent sentir qu'il était temps de changer la matière de son enseignement. Il protesta que Miron était un géant de la littérature, un immense poète dont on pouvait faire mille lectures différentes. Il se contenta de changer, tous les ans, le sous-titre de son cours de littérature québécoise, en prenant la précaution supplémentaire de ne pas mentionner le nom du poète dans celui-ci : *La quête de l'absolu dans la poésie québécoise, Peuple et nation chez le poète québécois, Chants d'amour et cris de désespoir dans notre littérature, Le poète à cheval entre la ville et la campagne, Paysages verbaux et urbanité tacite, 1458 vers vers l'amour.* Les élèves accouraient parce que, d'une année à l'autre, on se passait le mot : même pas quinze cents vers à lire, et le prof accordait la note de passage d'une façon apparemment aléatoire (il ne lisait les travaux de ses élèves qu'en diagonale et, les trouvant tous mauvais, il ne se donnait pas beaucoup de mal pour départager les pires des plus nuls). C'était donc une double aubaine pour les cancres paresseux : il y avait peu de travail à faire et on avait autant de chances de réussir que n'importe qui.

Certains de ses collègues se remirent à râler, jaloux de ce concurrent qui parvenait à être extrêmement populaire sans se donner beaucoup de mal. Mais il y en eut un plus grand nombre qui commencèrent à l'imiter. Cette paresse également partagée entre le maître et l'élève ayant tendance à se propager comme une épidémie, quelques auteurs pas trop prolifiques devinrent les préférés des élèves de ce collège et des collèges environnants. C'est ainsi qu'Albert Laberge connut, vingt ans après sa mort, un subit engouement, tandis que, chez les auteurs français, Radiguet jouit du même phénomène plus de soixante-dix ans après la sienne. Tout ça grâce à Martin Guertin qui préféra rester fidèle à son auteur préféré, reçu chez Pivot juste au moment où les pressions pour le forcer à changer de sujet atteignaient leur paroxysme. Et puis, de loin en loin, des revues littéraires (dont une française, *Littératures pluriailes,* en 1988) publiaient une nouvelle mouture de son étude sur la lecture de Miron dans un ordre imprévu (non seulement du début à la fin mais également par l'ordre alphabétique de la première lettre du titre de chaque poème, encore plus révélatrice pour qui sait lire entre les lignes).

Lorsque le ministère de l'Éducation annonça une réforme de l'enseignement de la littérature, Martin Guertin eut brièvement l'impression que le ciel lui tombait sur la tête. Dorénavant, il devrait enseigner les courants littéraires dans les littératures québécoise et française.

Il chercha longuement dans la littérature française un écrivain d'un seul livre. Il n'en trouva pas d'intéressant, fut tenté de donner un cours entier sur le sonnet d'Arvers, mais conclut que si trop c'est trop, trop peu est également trop peu. Il essaya de convaincre sa collègue qui faisait Radiguet de le lui céder. Elle refusa.

Alors qu'il était allé à Québec pour une réunion de la coordination provinciale de français, un véritable miracle se produisit.

Il avait accepté le poste de RCD – responsable de la coordination départementale – dans l'espoir d'aider à repousser ou à tout le moins à adoucir la mise en place de la réforme. Ayant échoué, il avait néanmoins gardé ce poste parce que le temps passé à s'en occuper réduisait d'autant ses heures de cours.

Il fit à Québec la connaissance d'une collègue plus jeune que lui d'une dizaine d'années, et eut l'occasion de converser avec elle suffisamment longtemps pour apprendre qu'elle préparait pour la rentrée un cours sur Radiguet.

Martin Guertin était libre à ce moment-là, comme il l'avait été la majeure partie de sa vie, n'ayant qu'à deux occasions, et pour moins d'un an chaque fois, vécu en ménage avec une femme.

Lise Maisonneuve sortait d'un divorce. Elle était de Montréal elle aussi et enseignait dans un collège de la Rive-Sud. Elle donnait depuis deux ans un cours sur Gilles Vigneault et en préparait un sur *Le Diable au corps.* Martin lui dit qu'il aimerait bien jeter un coup d'œil à ses notes de cours. Elle lui répondit qu'elles ne seraient pas terminées avant la fin de l'été.

Ils se revirent assez souvent pour que Martin prenne le risque d'annoncer au collège qu'il avait fait son choix : *Le Diable au corps.* Sa collègue protesta qu'elle faisait déjà Radiguet. Faisant valoir son statut de RCD, il lui fit comprendre que si ça la gênait tant que deux profs parlent du même auteur dans le même collège, elle n'avait qu'à en choisir un autre. D'autant plus que c'était la troisième année qu'elle faisait Radiguet. Chacun son tour. Elle finit par céder et opta pour Lautréamont.

Lise Maisonneuve avait gardé de son divorce un appartement sur le plateau Mont-Royal. Martin se laissa aisément persuader de déménager chez elle. Elle était une maniaque du ménage et il n'aurait dorénavant plus jamais à passer l'aspirateur ou charger le lave-vaisselle.

À la fin d'août, il profita d'une absence de Lise pour fouiller dans ses papiers. Il y trouva ses notes sur Radiguet, courut en faire des photocopies, remit les originaux à leur place.

Il lut ses copies assis à son pupitre, au collège. C'était parfait. Des notes minutieusement détaillées, avec un tas de citations transcrites à la main d'une écriture parfaitement lisible. Il n'aurait même pas à relire le bouquin. Il se contenta d'en acheter un exemplaire d'occasion suffisamment tripoté par ses propriétaires précédents pour faire croire qu'il l'avait lu et relu.

Son cours sur *Le Diable au corps* eut beaucoup de succès. Encore plus que celui sur Miron. Habitué à des classes quasi endormies, il se retrouvait avec des élèves qui se sentaient impliqués dans un livre pour la première fois de leur vie. Martin sentit confusément que tout cela venait non de sa manière d'enseigner, mais des notes de Lise.

Cela aurait pu le rendre envieux. Pas du tout. La seule chose qui l'inquiétait quelque peu, c'était qu'elle puisse apprendre un jour qu'il donnait *Le Diable au corps* et non *Le Rouge et le Noir,* comme il l'avait prétendu (chaque fois qu'elle avait voulu engager une discussion sur Stendhal, il avait protesté qu'il en parlait déjà bien assez tous les jours de la semaine). Il corrigeait les travaux d'élèves au collège et évitait toute rencontre entre Lise et ses propres collègues, en prétextant qu'ils se détestaient mutuellement, ce qui n'était pas tout à fait faux.

Un an après leur mariage, il se produisit l'événement le plus attendu dans la vie d'un paresseux qui travaille : la retraite !

Le gouvernement avait décidé de réduire son déficit, parce que les autres gouvernements le faisaient. Et même de le réduire à zéro. Pour cela, il fallait amincir la fonction publique. On offrit donc, à ceux et celles qui approchaient même de loin l'âge de la retraite, de prendre celle-ci tout de suite. Avec moins d'argent que s'ils attendaient encore quelques années. Mais avec plus d'argent que s'ils avaient pris leur retraite à ce moment-là dans des circonstances normales.

C'était tentant. D'autant plus que, en vivant chez Lise, Martin avait peu de frais de logement. Il partageait les factures d'électricité et de taxes foncières. Mais, comme la maison ne lui appartenait pas, il n'avait aucune raison de contribuer à l'hypothèque. Il calcula même que, s'il vendait sa voiture et n'utilisait plus que celle de Lise, quitte à aller la reconduire à son collège tous les matins et la ramener tous les soirs, il se retrouverait avec des revenus nets à peu près égaux à ceux qu'il faisait à s'échiner tous les jours ou presque.

Ce fut Lise qui le convainquit d'accepter l'offre du gouvernement. Ou plutôt il donna à Lise l'impression qu'elle l'avait convaincu. Elle lui dit : « Il y a tant d'années que tu travailles si fort... Et puis, ce serait bien que tu puisses passer plus de temps à écrire ton roman. »

Martin n'avait pas écrit une ligne de ce fameux roman. Tout ce qu'il avait accepté d'en dire à Lise et à quelques collègues, c'est qu'il serait bref et percutant.

Il fut surtout l'excuse idéale pour cesser complètement de travailler.

Pendant quelques semaines, le retraité eut l'impression d'apprécier sa nouvelle situation. Il se rendit toutefois rapidement compte que, s'il aimait ne rien faire, il détestait n'avoir rien à faire.

Son inactivité avait toujours été particulièrement jouissive quand il avait eu des activités à éviter : réviser ses notes de cours, jeter un coup d'œil aux travaux d'élèves, et les quelques tâches qu'il n'accomplissait que lorsqu'il était absolument impossible de les remettre au lendemain. Par contre, ne rien faire quand il n'avait rien à faire ou à remettre à plus tard était totalement dépourvu d'intérêt. Oui, il y avait son roman, mais il avait toujours su qu'il ne l'écrirait jamais. Au fond, il se trouvait trop brillant pour ça. Il avait rencontré Miron et quelques autres écrivains, en avait vu d'autres à la télévision, et avait trouvé qu'ils manquaient tous de... de quoi ? De brillant, croyait-il. Ils s'exprimaient comme des vendeurs d'assurances ou des chauffeurs d'autobus ou des gardiennes d'enfants ou des professeurs de polyvalente. Les seuls qui manifestaient un don quelconque pour la conversation étaient ceux qui écrivaient les pires platitudes.

Alors, pourquoi écrire si c'était le lot de gens médiocrement intelligents ?

Dans ses premières semaines de retraite, il avait lu quelques livres. Ou plutôt le premier chapitre de quelques livres. Cela l'avait ennuyé. Comme la télévision. Peut-être même plus.

Finalement, son programme s'était limité à essayer de cesser de fumer. Mais il s'était vite rendu compte que cesser de fumer n'était pas une occupation valable, de la même manière que fumer n'avait jamais été un travail. Il cessa donc de cesser de fumer et ne s'en trouva ni mieux ni plus mal.

Bref, il s'ennuyait tout en ayant pris la ferme résolution de ne rien faire pour éviter de s'ennuyer.

C'est alors qu'il avait reçu un appel de son frère aîné, Léon. C'était son seul frère (ils n'avaient pas de sœur) et il était malade. Un cancer qui devait l'emporter dans les six mois.

Léon avait demandé à Martin son aide pour fermer ses dossiers d'agent immobilier. Au début, Martin devait trimbaler son frère dans sa Mercedes. Bientôt, affaibli par la maladie, Léon l'avait envoyé à sa place une première fois, puis de plus en plus souvent. Et Martin avait trouvé très amusant et pas très fatigant de se faire passer pour Léon Guertin, agent immobilier. Il avait vendu deux maisons en trois semaines et Léon lui avait laissé la commission. Il avait aussi, toujours sous le nom de son frère, obtenu l'inscription de quatre nouvelles demeures – essentiellement dans les beaux quartiers d'Outremont, de Westmount et de Notre-Dame-de-Grâce, les terrains de chasse préférés de Léon qui s'était dit, il y avait bien longtemps, que l'effort nécessaire à la vente d'une maison de cent mille dollars étant le même que pour une transaction d'un demi-million, il valait mieux vendre des manoirs de riches que des masures de pauvres. Encouragé par ces succès, Martin termina le cours de la chambre d'immeubles juste à temps pour la mort de son frère. Il racheta à sa belle-sœur la Mercedes du défunt, quasiment neuve. Et il fonctionna pendant quelque temps sous le double prénom de Léon-Martin.

Il avait toujours eu fière allure – bon teint, beau port de tête, juste ce qu'il faut d'embonpoint pour avoir l'air prospère. De plus, il savait, en entrant dans une maison, reconnaître un Borduas d'un Fortin, ce qui rassurait ses clients cultivés et épatait ceux qui ne l'étaient pas.

Bref, comme son frère Léon, il vendait peu mais vendait bien.

Surtout, il n'avait presque jamais l'impression de travailler.

Ce qui ne l'empêchait pas, car les paresseux sont tous comme ça, de se sentir épuisé et de se plaindre de trop travailler à sa femme qui travaillait bien plus que lui, au collège comme à la maison.

Une gaffe

Martin Guertin allume le phare unique de la Mercedes. Puis il l'éteint et le rallume encore. La rivière s'est quelque peu rétrécie, semble-t-il. Normalement, une rivière devrait s'élargir en approchant d'un fleuve, de la même manière que les fleuves ont tendance à être plus larges à leur embouchure qu'à leur source. Pas le Richelieu, apparemment.

Il se dit qu'il est inévitable que quelqu'un, quelque part sur la rive – un insomniaque ou un téléspectateur dont l'appareil serait bien aligné avec une fenêtre –, aperçoive une Mercedes qui flotte en faisant des appels de phare et alertera les autorités.

Le Richelieu fait à cet endroit-là un léger coude, et la Mercedes est pointée en direction de la rive gauche. Les connaissances géographiques de Martin Guertin sont limitées. Il sait quand même, pour l'avoir appris autrefois dans un cours sur l'existentialisme, que la rive gauche d'un fleuve est celle qu'on a à gauche quand on rcgardc vcrs la mer. Il en va sûrement de même avec les rivières. Sur les deux rives, à tous les cent ou deux cents mètres, il y a des maisons. Dans la plupart de ces maisons, aucune lumière d'insomniaque ou de téléphage. Il désespère qu'on réponde à ses appels et se fait la réflexion qu'il est comme ces savants qui envoient des signaux dans l'espace et ne reçoivent jamais de réponse. Mais eux s'obstinent, jour après jour, mois après mois, tandis que lui, après une dizaine d'essais, commence à se décourager et décide d'abandonner. Et cette fois il pousse le levier qui allume les deux phares à leur plus forte intensité.

– Regardez ! crie-t-il soudain à l'intention de son compagnon de voyage si on peut appeler cette dérive un voyage.

Il l'a invité à s'asseoir avec lui dans la Mercedes, mais l'autre a refusé. Martin n'a pas insisté parce que la sellerie d'une Mercedes ça peut se salir ou garder des odeurs quand un vieux d'une propreté douteuse s'assoit dessus.

Il baisse la glace, répète son cri :

– Regardez !

Sur le rivage, une lumière s'est allumée puis éteinte puis rallumée, puis éteinte encore. Le vieux, debout dans la cabine du traversier, se tourne dans la direction de ce signal, l'observe une bonne minute, tandis que Martin multiplie les appels de phares sous toutes les formes possibles, passant de l'obscurité totale au phare code puis au plein feu des deux phares. En vain. La lumière sur la rive ne se rallume plus et la maison disparaît de leur vue. Que s'est-il passé ? L'a-t-on aperçu, a-t-on répondu à ses appels, puis s'est-on lassé parce qu'on a cru au jeu d'un farceur ? Qui d'autre qu'un farceur pourrait s'amuser à jouer avec les phares d'une voiture sur une rivière à trois heures du matin ?

Martin éteint pour de bon. Machinalement, il allume la radio, et cela lui donne une nouvelle idée : il monte le volume au maximum, descend toutes les glaces, sort de la voiture pour éviter de s'abîmer les tympans.

– Si quelqu'un nous entend, il va faire quelque chose.

Rien n'est moins sûr, pourtant. Toute personne ayant un voisin qui écoute sa chaîne stéréo à plein volume un soir d'été où il fait trop chaud pour dormir les fenêtres fermées sait qu'il ne sert à rien d'appeler la police. C'est pourquoi personne ne téléphone plus et la police doit se dire que les gens sont maintenant moins bruyants ou plus tolérants qu'autrefois. Alors, imaginez une musique à deux cents décibels mais qui descend au gré du courant en novembre. Quiconque entend ça malgré les fenêtres et contre-fenêtres closes se dit simplement: tant mieux, ça s'en va. Et Martin a beau rentrer dans la Mercedes pour mettre la radio à la chaîne rock la plus tonitruante en lieu et place de la sirupeuse station classique de tout à l'heure, cela ne change rien. Il ferme la radio, remonte les glaces.

Il essaie encore le cellulaire. Celui-ci a pris un peu de mieux, puisque le voyant *bat low* accepte de clignoter faiblement. Mais, pour obtenir une communication, toujours rien à faire. Et puis bientôt l'appareil ne daigne plus clignoter de quelque manière que ce soit.

Martin fait basculer son siège vers l'arrière, décide de dormir.

Il ne dort pas. Il est vrai que dormir n'est pas facile quand on est sur un bateau sans gouvernail et qu'on a le malheur d'avoir vu récemment le *Titanic* sombrer interminablement sur une vidéocassette à l'écran de son cinéma maison. Et puis, il a toujours du mal à dormir quand il a trop bu.

Il redresse son siège, pousse un soupir, sort.

Il a envie de réveiller le vieux qui dort par terre dans la cabine, histoire de l'emmerder pour ne pas être tout seul à s'emmerder.

Il va plutôt s'accouder à la rambarde, tourne les yeux vers l'arrière du bateau. La nuit est magnifique et parsemée d'étoiles. Il reconnaît la Grande Ourse, en forme de poêle à frire. Rien d'autre. Ces étoiles – ou ces planètes – qui font une espèce de W, ça doit bien avoir un nom, mais il ne le connaît pas. Il regrette, pour la centième fois de sa vie, au moins, de ne pas connaître le nom des étoiles et se jure, pour la centième fois encore, qu'il achètera un livre d'astronomie ou s'inscrira à un cours. «À condition que je réchappe de ce naufrage», se dit-il.

Bien qu'il soit conscient que l'expression est exagérée, c'est la première fois qu'il s'avoue être dans une position précaire. Jusque-là, la situation lui a surtout paru ennuyeuse, porteuse d'inconvénients mineurs, de retards incalculables et de frais imprévisibles. Mais que se passerait-il si, pour une raison ou pour une autre, le bateau sombrait? Après une collision avec un autre navire dans le Saint-Laurent, par exemple, même si les autres navires doivent être rares en cette saison. Évidemment, il se noierait. Il est mauvais nageur. Et dans l'eau froide il préférerait se laisser couler à pic plutôt que de tenter de surnager comme cet imbécile de Leonardo Di Caprio. Mais sait-on jamais? On se dit qu'on s'abandonnera à la mort. Quand la mort arrive pour vrai, on n'a peut-être plus envie de se laisser aller.

Il lui revient à la mémoire un vers de Miron, son préféré, celui qui faisait rigoler ses élèves et leur inspirait le plus de remarques pas nécessairement brillantes, mais c'était toujours ça, et il le dit à haute voix :

– Petite vie, ma vie.

D'une certaine manière, cela le réconforte. Oui, toute vie est petite. Et il ne trouve pas la sienne suffisamment passionnante pour considérer comme une grande perte de ne plus l'avoir.

Il se détourne de l'arrière, fait demi-tour. Et il voit approcher une masse sombre, qui découpe un arc, bas dans le ciel éclairé par les lueurs rosées d'une ville qui ne peut être que Sorel et ses environs. Un bateau ? Non : un pont. Reposant sur quatre paires de piliers dans l'eau, et d'autres sur la rive. Avec, tout en haut, un chapelet de lampadaires et vraisemblablement une autoroute. Voilà qui va les faire sombrer dans les eaux noires : une collision avec un pilier de pont. Les flotteurs seront déchiquetés. Et le bateau coulera en moins de temps qu'il n'en faut pour crier S.O.S.

Oubliant qu'il était prêt à mourir un instant plus tôt, Martin se précipite dans la cabine, secoue l'épaule du vieux qui dort sur le plancher.

– Réveillez-vous ! On va couler !

L'homme se tire lentement de son sommeil, se redresse, regarde par la fenêtre de la cabine.

– C'est le pont de l'autoroute, reconnaît-il.

– Je le sais, que c'est l'autoroute. Qu'est-ce qu'on risque si on frappe un pilier ?

Le vieux se lève sans s'énerver et remet le moteur en marche. Avec un peu de chance, cela écartera le bateau du pilier vers lequel il se dirige.

Ils n'ont pas de chance. Le traversier accélère, mais refuse de changer de cap. Le vieux met le moteur en marche arrière dans l'espoir de le faire ralentir. Trop tard. Le bateau heurte violemment le pilier. Martin tombe à la renverse.

Un instant, il croit que le traversier va se renverser lui aussi. Son avant se soulève, mais il retombe sur ses flotteurs comme un chat sur ses pattes, puis se met à tournoyer lentement, contourne la masse de béton, fait un tour complet sur lui-même et reprend le même cap qu'auparavant.

– Ça va-tu ? demande le vieux en l'aidant à se relever.

Martin se tâte. Oui, ça va à peu près. Rien de cassé.

Le vieux se penche sur le bastingage, semble rechercher des dégâts. Il fait de même de l'autre côté, avant de conclure :

– Va falloir la tasser.

Déplacer quoi ? La Mercedes, que le vieux examine comme on regarde un bœuf qu'il est temps d'envoyer à l'abattoir.

– Y a une bosse dans le flotteur. Peut-être un trou. Faudrait placer votre auto de l'autre côté.

Déplacer la Mercedes ? Même à six, ce serait impossible. Elle pèse... Martin n'a aucune idée de ce que peut peser une voiture comme celle-là. Probablement des tonnes. Des tas de tonnes. Alors, imaginez, à deux hommes seulement – un vieux et un pas si vieux mais qui n'a pratiqué aucune forme d'exercice depuis au moins dix ans.

– On n'y arrivera pas.

– Je vas vous guider.

Quoi ? Mettre la Mercedes en marche et la manœuvrer sur cette surface grande comme un mouchoir ?

– Pas question.

Mais Martin doit bientôt reconnaître que l'eau de la rivière est bien froide et que, même s'il n'a pas particulièrement envie de vivre, il n'a pas tellement envie de mourir si c'est dans l'eau glacée.

– D'accord.

Il s'installe derrière le volant, tourne la clé. Le bruit du moteur de la Mercedes – si on peut appeler bruit un son aussi suave à l'oreille de son propriétaire – le réconforte. Le vieux fait un signe de la main qui tourne. Martin comprend que cela veut dire de tourner le volant dans cette direction, ce qu'il fait. Il obéit aussi au signe de reculer puis d'arrêter.

Le vieux lui fait tourner les roues à gauche, avancer un peu, arrêter, tourner les roues à droite, reculer, arrêter, tourner les roues à gauche, et ainsi de suite jusqu'à ce que la voiture soit presque parfaitement collée contre la rambarde.

Sur le dernier coup – celui qui va le devenir –, le vieux fait un geste que Martin interprète comme voulant dire reculez encore un peu. Il recule donc, peut-être un peu plus qu'un peu. Et il a un moment de terreur absolue lorsqu'il constate que l'arrière de la Mercedes s'est aventuré sur le panneau du bateau toujours baissé. Il appuie violemment sur les freins. Inutilement, puisque les roues motrices de la voiture sont maintenant dans le vide et le châssis repose sur le pont du bateau.

Il met en marchc avant, appuie doucement, puis de toutes ses forces, sur l'accélérateur. La Mercedes ne bouge pas d'un millimètre, les roues motrices se contentant de tourner dans l'air. Il arrête tout, éteint le moteur et tente d'ouvrir la portière. Impossible. Elle est trop près de la rambarde. Il enjambe la console centrale, sort par la portière du passager.

– Vous avez fait exprès ? demande-t-il.

Le vieux ne daigne pas hausser les épaules. Il retourne dans la cabine.

Pendant ce temps, Martin étudie la position du navire et doit reconnaître que celui-ci a bel et bien repris son assiette. Mieux encore, si quelqu'un les voit, il sera encore plus évident que ce bateau est en perdition, avec cette voiture dont l'arrière dépasse à l'arrière. Mais un traversier qui descend parallèlement au courant au lieu de le couper perpendiculairement comme un traversier est censé faire peut-il être autre chose qu'un bateau en perdition ?

Il y a de plus en plus de lumières le long du rivage. Les maisons sont maintenant presque collées les unes contre les autres. On est en banlieue, ou dans une petite ville. Martin sait qu'au confluent du Richelieu et du Saint-Laurent il y a Sorel d'un côté et Tracy de l'autre.

– De ce côté-là, c'est Sorel ou Tracy ?

Pour une fois, le vieux fait comme s'il acceptait de répondre :

– Oui.

Dans le fond, Martin ne se préoccupe pas de savoir de quel côté est Sorel et de quel côté Tracy. Tiens, voilà un autre pont. Un pont de chemin de fer – cela se voit même quand on ne connaît rien aux chemins de fer, puisqu'il est parfaitement horizontal. La partie centrale pivotante est ouverte. Comme si on attendait un voilier. Martin se retourne pour voir s'il n'en viendrait pas un derrière.

– Depuis qu'y a plus de trains, il est tout le temps ouvert, dit le vieux comme s'il devinait la question qu'il se pose.

Cette fois, le traversier passe loin des piliers. Mais ne voilà-t-il pas qu'un autre pont se dresse bientôt devant lui.

Ce pont-là a beau être vieux (peut-être plus que le pont du chemin de fer), il représente un danger évident, puisque le traversier s'en approche rapidement. La rivière a continué de se rétrécir et le courant est plus rapide, les piliers plus rapprochés. Martin lève les yeux vers un piéton sur le trottoir du pont. Il met ses mains en porte-voix et crie :

– Appelez les pompiers, le câble a cassé.

Le piéton ne fait aucun signe pouvant laisser croire qu'il a entendu ou compris le message ou qu'il a la moindre intention d'en tenir compte. Il continue de marcher sans ralentir.

– L'échelle !

Le vieux désigne une échelle de métal qui descend, depuis le tablier du pont, jusqu'à même pas un mètre au-dessus des flots. Si le traversier la heurte, elle risque de démolir la cabine et peut-être les flotteurs aussi. Sans compter la carrosserie de la Mercedes.

– La gaffe ! crie encore le vieux.

Cette fois, il désigne un grand bâton avec un crochet au bout, fixé à un support le long de la rambarde.

Martin s'en empare, le tient fermement à deux mains. Le vieux lui fait signe de s'occuper de l'échelle. Il est évident qu'il ne croit pas avoir, à son âge, la force physique nécessaire pour éviter la catastrophe.

L'échelle s'approche. L'agent immobilier réussit à coincer le crochet de la gaffe contre un des montants verticaux. Il pousse de toutes ses forces. Le traversier semble hésiter, puis commence à tourner sur lui-même. C'est gagné! C'est fort, un homme, quand il n'a pas envie de se noyer.

– Pas comme ça! s'écrie alors le vieux.

Il lui arrache la gaffe des mains, se retourne vers l'échelle que le bateau avait pourtant évitée de justesse, tente d'agripper un barreau avec le crochet.

Martin comprend enfin: l'autre ne voulait pas du tout qu'il éloigne le traversier de l'échelle. Il voulait qu'il agrippe l'échelle de façon qu'un des deux – ou même les deux – y grimpe et aille chercher de l'aide.

Il n'est pas trop tard. Martin reprend la gaffe, se précipite à l'arrière du traversier, tend les bras au maximum, rate le barreau inférieur de l'échelle, relève la gaffe, fait une dernière tentative. L'échelle s'éloigne. C'est foutu.

– Je suis désolé, dit-il en laissant tomber l'outil sur le pont du traversier.

Il n'a jamais été très doué pour les choses de la vie quotidienne. Faire la cuisine. Coudre un bouton. Remplacer un fusible. Donner des ordres à un mécanicien. Même conduire une voiture et la garer en ville sans égratigner la peinture ou les chromes. C'est le lot des intellectuels, se dit-il souvent et fièrement, car, à l'encontre des intellectuels de son pays, il s'est toujours vanté d'en être un même s'il est le seul à se croire tel.

Passé le troisième et dernier pont, le traversier poursuit sa course dans le port de Sorel. Le ciel commence à pâlir, les étoiles à s'effacer.

Martin Guertin, qui n'a jamais vu un spectacle pareil, reste appuyé à la rambarde, à examiner les grues flottantes, les vieux bateaux rouillés, les usines décrépites, les monceaux d'ordures ou de matériaux qui ne peuvent valoir mieux. Il sait que, pendant la guerre, Sorel a été un des plus grands centres de production navale de l'empire britannique. Et il a l'impression que tout ce qui a été produit de trop est resté là.

Le vieux est debout à côté de lui. Partage-t-il les mêmes pensées ? Impossible de le savoir sans le lui demander. Et Martin n'en a aucune envie. Il suffit qu'on lui pose une question pour qu'il réponde à une autre. Par exemple, à « Comment vous appelez-vous ? », il risque de donner ses prévisions sur le temps qu'il fera demain.

Tiens, justement, comment s'appelle-t-il, ce vieux ? C'est la première fois que Martin se le demande. Il n'y a qu'une façon de le savoir : ne pas lui demander.

– Je m'appelle Martin Guertin, dit-il simplement en lui tendant la main.

Le vieux lui tend distraitement la sienne sans rien dire et sans quitter des yeux les flots devant lui.

Le traversier s'engage maintenant dans le fleuve, alors que le ciel passe du noir clair au gris foncé. Plus fortes, les vagues claquent contre les flotteurs du traversier. Au loin, à droite, un autre traversier, blanc et beaucoup plus gros, est immobilisé dans le port. À peu près à la même distance, à gauche, un cargo sûrement peu chargé parce que sa coque semble être presque entièrement hors de l'eau vogue vers Montréal et peut-être de là vers Toronto ou Chicago chercher de quoi remplir ses cales.

Martin n'a pas remarqué que le vieil homme est retourné dans la cabine. Le bruit du moteur qui redémarre le fait sursauter.

Il comprend rapidement ce que son compagnon a en tête : couper à travers le fleuve et prendre le plus de vitesse possible pour aller s'échouer sur l'autre rive en profitant de l'élan que leur aura donné le courant du Richelieu conjugué à la poussée du moteur. Bien entendu, le courant du Saint-Laurent les déportera quelque peu vers l'aval, mais la manœuvre a des chances de réussir.

Au milieu du fleuve, les vagues se font plus grosses et se couvrent de moutons. Mais le traversier, poussé par son moteur, les franchit allègrement. D'abord perpendiculaire au fleuve, la course du bateau fléchit graduellement.

« Nous n'y arriverons jamais », se dit Martin. Puis il se reproche ce défaitisme, se rappelant qu'il a triomphé dans le passé d'obstacles autrement insurmontables. N'a-t-il pas, la veille encore, réussi à vendre pour cinq cent dix-huit mille dollars une maison qui n'en valait guère plus des deux tiers à un couple qui n'avait pas les moyens de l'acheter ? Il a trouvé un évaluateur complaisant et un directeur de banque incompétent. À côté de ça, traverser un fleuve, ce n'est rien du tout. Même si ce n'est pas lui qui est aux commandes. C'est un vieux dont il ne connaît pas le nom. De toute façon, les commandes sont simples dans ce genre d'embarcation : la marche avant et la marche arrière.

Ces observations lui remontent le moral. D'autant plus que le rivage opposé s'approche rapidement. Les pierres de la berge sont à même pas cent mètres. Le bateau poursuit un cap de plus en plus incliné par rapport au rivage, de quelque chose comme quarante-cinq degrés. Tant mieux, cela évitera un choc trop direct avec la rive empierrée. Il sera malheureusement impossible de sortir la Mercedes de là. Mais les secours – où sont-ils passés, ces damnés secours ? – les trouveront aisément dès que le jour sera levé pour de bon. Il suffira de demander qu'on transporte la Mercedes au garage le plus proche, avec instructions de remplacer le phare et de vérifier le dessous. Il prendra un taxi, passera à la maison pour se doucher et changer de vêtements avant son rendez-vous à Outremont. Il reviendra chercher la voiture samedi, ou demain s'il a le temps.

Le bateau tourne encore un peu vers l'aval. Martin croise les doigts. Oui, ils seront échoués dans quelques petits moments de rien du tout.

Non. Le vieux éteint le moteur. Martin se tourne vers la cabine, étonné, furieux.

– Plus de gaz, dit le vieux.

Quoi, plus d'essence, à cinquante mètres seulement du rivage ? Ce n'est pas possible ! Oui, puisque le bateau reprend son cap parallèle au fleuve, puis commence à s'éloigner tranquillement du rivage. Martin est encore tenté – une seconde seulement – de se déshabiller et de se jeter dans l'eau glacée. Il hausse les épaules.

– La Mercedes ! s'écrie-t-il soudain.

Le vieux le regarde en fronçant les sourcils.

– Le réservoir est à moitié plein.

– Ça prendrait un tuyau.

Martin se précipite dans la cabine du traversier. Il ne s'y était pas attardé. À droite comme à gauche, il y a des tas de cadrans et de leviers bien compliqués pour un bateau qui ne fait qu'avancer et reculer. Il devrait y avoir un bout de tuyau de caoutchouc dans ce foutu bateau. Dans un coin, il trouve un bidon vide, un contenant d'huile à moteur et une bouteille d'un litre d'eau qui est peut-être remplie d'une autre espèce de liquide incolore. Il ouvre un coffre plein d'outils. Pas de tuyau. Et un autre coffre, plus petit, apparemment la pharmacie parce qu'elle est marquée d'une croix rouge. Au fond de celui-là, il déniche une boîte de barres à déjeuner qu'il fourre dans la poche de son manteau. Toujours pas l'ombre du plus petit boyau susceptible de servir à siphonner de l'essence. Martin l'a déjà fait une fois, quand il était jeune, avec une MG qu'il avait achetée parce qu'elle avait les mêmes initiales que lui. Il se souvient encore, vingt-cinq ans plus tard, du goût de l'essence dans la bouche. Cette fois, il demandera au vieux de faire le siphon. Il le paiera s'il le faut. Mais pour cela il faut trouver un tuyau. Il n'y a rien dans la cabine. Peut-être sous le capot de la Mercedes ? Il court ouvrir la portière, s'étire de tout son long pour tendre la main vers la manette de dégagement du capot, court à l'avant de la voiture, a du mal à soulever le capot, y arrive enfin, admire la collection de tuyaux de toutes sortes qui s'offrent à sa vue, en avise un – peut-être celui du lave-glace –, tire sur un bout qui cède, puis sur l'autre qui refuse de lâcher prise.

– Venez m'aider ! crie-t-il au vieux.

Comme le vieux n'arrive pas, il lui jette un regard hargneux. Celui-ci est calme, presque serein, avec une drôle de grimace qui pourrait fort bien exprimer qu'il est trop tard, de toute façon. Martin regarde le rivage. On en est beaucoup plus éloigné que tout à l'heure. Et il file rapidement devant eux, au gré du courant plus vif dans le fleuve que dans la rivière.

Martin essaie de replacer le bout de tuyau qu'il a arraché. Il n'y parvient pas. Cela fera un boulot de plus pour le garagiste. Il ferme rageusement le capot.

– Je m'appelle Trefflé, dit alors le vieux. Trefflé Yelle de Saint-Roch.

Il dit cela sur le ton d'un aristocrate français déclinant ses titres et ses terres. De savoir le nom de son compagnon suffit à apaiser Martin Guertin. Depuis un instant, il est en perdition sur le fleuve en compagnie d'un vieux qui s'appelle Trefflé Yelle de Saint-Roch. C'est bien mieux que d'être en perdition sur le fleuve avec un vieux dont on ne connaît pas le nom.

Il sourit, et l'autre lui rend son sourire. Voilà. Ils sont amis pour la vie – ou du moins jusqu'à ce qu'on les ait tirés de là.

– Vous avez dit qu'en soixante-cinq ou soixante-six un traversier s'était rendu jusqu'au fleuve. Qu'est-ce qui lui est arrivé ?

Trefflé Yelle ne répond pas. Il se contente d'une grimace qui n'annonce rien de bon. De toute façon, qu'est-ce qui pourrait arriver de bon à un traversier bâti pour le Richelieu lorsqu'il se met à naviguer dans le Saint-Laurent ?

C'est à ce moment-là que Martin décide de prendre le commandement du traversier. Il est parfaitement conscient de sa méconnaissance totale des techniques de la navigation. Mais l'autre en est aussi ignorant que lui, sinon ils n'en seraient pas là, au milieu du fleuve, à se laisser entraîner par le courant et ballotter par les vagues.

Martin reconnaît aussi que c'est en partie sa faute à lui s'ils se trouvent là. La gaffe de la gaffe. Mais si Trefflé

Yelle s'était donné la peine de lui expliquer la manœuvre à suivre et de lui donner des ordres clairs et précis, tout se serait très bien passé. C'est donc bien plus par la faute du vieux qu'ils sont dans cette fâcheuse position.

Et c'est justement ce qu'il lui reproche : de ne pas donner d'ordres. Comment peut-on être capitaine d'un navire si on laisse l'équipage faire n'importe quoi n'importe comment ? De nos jours, dans les postes de commandement – chef d'un gouvernement, entraîneur d'une équipe de hockey ou président d'un syndicat –, ce qu'il faut, c'est des gens qui savent communiquer. Et Trefflé Yelle est absolument nul à ce point de vue.

Dorénavant, ce sera Martin Guertin qui donnera les ordres. Et si son équipage refuse d'obéir, il fera comme tout capitaine confronté à une mutinerie de ses marins : il le jettera par-dessus bord pour donner l'exemple. Ça ne donnera l'exemple à personne puisqu'il ne restera à bord que le capitaine, mais ce ne sera pas sa faute à lui.

Donc, à la première occasion et à chacune qui suivra, Martin prendra les décisions qui s'imposent et donnera les ordres correspondants en s'exprimant clairement et fermement.

Tant qu'à faire, pourquoi ne pas donner un ordre tout de suite, histoire de se faire la main et de s'assurer immédiatement qu'on lui obéira quand ce sera nécessaire ?

Il réfléchit longuement à un ordre à donner. Non, il ne voit pas. Oui, il en trouve un enfin, qui n'est pas plus idiot qu'un autre : faire le plein du réservoir du traversier à partir de celui de la Mercedes. Ce n'est pas l'ordre idéal, puisque pour cette première expérience il vaudrait mieux donner un ordre dont la non-exécution n'aurait aucune conséquence. Alors que si jamais il se présente une occasion d'accoster en mettant le moteur en marche, il faudra absolument qu'il y ait de l'essence dans le réservoir. Donc, si Trefflé Yelle refuse d'obéir, il faudra que Martin Guertin s'en charge, en dépit de l'horrible goût du carburant dont le simple souvenir le fait grimacer et cracher, lui qui ne crache jamais en public, un minuscule filet de salive dans les eaux du fleuve.

Il opte finalement pour une formulation assez neutre. Ainsi, en cas de refus, son autorité ne sera minée d'aucune manière irrémédiable.

– Ce serait peut-être mieux de siphonner l'essence maintenant, dit-il d'une voix troublée d'une pointe d'anxiété qu'il ne parvient pas à cacher aussi bien qu'il le voudrait.

Le vieux le regarde, secoue la tête. Martin sent une colère sourde le gagner. Non, mais pour qui se prend-il, ce vieil imbécile ?

– C'est un ordre.

Trefflé Yelle hausse les épaules, ouvre le capot de la Mercedes, tire sur le tuyau à moitié arraché et parvient à s'en emparer d'un coup sec du poignet. Il va dans la cabine, revient avec le bidon vide, le place sous le bouchon du réservoir de la voiture, dévisse le bouchon, glisse une extrémité du tuyau dans le réservoir, met l'autre dans sa bouche, aspire un petit moment puis retire cette extrémité du tuyau et l'enfonce dans le récipient. Le tintinnabulement du liquide prouve à Martin que l'opération a parfaitement réussi et que son équipage est d'une docilité exemplaire. Même que le vieux semble être parvenu à siphonner de l'essence sans en avaler une goutte, exploit étonnant pour un homme qui ne possède qu'un vélo.

L'agent immobilier sourit. Et Trefflé Yelle lui rend encore son sourire. Cette fois, Martin regrette cet échange de sourires. Un capitaine ne sourit pas à son équipage. Il s'efforce donc de trouver un nouvel ordre à donner, tandis que le matelot s'affaire à transvider le bidon dans le réservoir du traversier.

– Faudra aussi vérifier que le moteur part toujours.

Il se félicite de sa manière de donner des ordres. Efficace et discrète, autoritaire mais sans arrogance. Il en cherche un troisième, mais ne trouve rien. Tant pis. Tant pis aussi si Trefflé Yelle n'obéit pas tout de suite. De toute façon, il n'a pas précisé quand il devait le faire.

Il s'installe à l'avant, scrute le fleuve des yeux. Le jour achève de se lever. Les rives se détachent de mieux en mieux dans l'immense surface laiteuse.

Justement, ils approchent d'une fourche dans le fleuve. À gauche, c'est large. À droite, il y a un chenal plus étroit. Au centre, il y a ce qui est vraisemblablement une grande île, avec une pointe de basse terre qui avance. Pas de pierres, cette fois. Du sable, semble-t-il. L'endroit idéal pour accoster. Même qu'on pourrait sans doute y descendre la Mercedes sans trop de difficulté. Mais si c'est une île sans pont qui la rattache à la terre, comment faire pour ramener la voiture à Montréal ?

N'empêche que c'est un endroit parfaitement propice pour s'échouer. Assez pour que ça vaille la peine d'essayer.

– Il faudrait essayer d'accoster là, ordonne-t-il.

Docilement, comme s'il s'était agi de l'ordre d'un véritable capitaine, Trefflé Yelle va à la cabine remettre le moteur en marche. Cela n'a aucun effet autre que de faire accélérer le traversier qui décide, sans demander l'avis de personne, de prendre la voie de gauche.

– J'aurais mieux aimé le chenal du Moine, dit Trefflé Yelle.

Martin ne lui demande pas pourquoi. Un collègue qui enseignait les romans de Germaine Guèvremont et qui était le genre à aller vérifier sur place ce qui se dit dans les livres lui a parlé des îles de Sorel, du chenal du Moine et de son labyrinthe de petits chenaux. Oui, dans ce genre d'endroit, le traversier se serait vite échoué quelque part. Mais le pilote (c'est une des fonctions que Martin est prêt à lui déléguer, alors aussi bien lui donner le titre qui l'accompagne) a plutôt décidé d'aller à gauche. Non : c'est le bateau qui a choisi, pas lui. On ne peut rien lui reprocher.

– Ce serait peut-être mieux d'éteindre le moteur ? hasarde-t-il encore.

Trefflé Yelle n'en fait rien. Pas tout de suite, parce qu'il y a par là un léger coude dans le fleuve. Nouvelle occasion de s'échouer. Mais le traversier négocie le virage comme un professionnel de Formule Un se faufile dans une chicane.

Le moteur s'éteint. Martin se tourne vers la cabine, histoire de dire à son pilote qu'à l'avenir il vaudrait mieux lui demander son avis avant d'éteindre le moteur ou de l'allumer. Il n'y est pas. Il est à côté de lui.

– Qu'est-ce qui se passe ? On ne peut pas avoir manqué d'essence si vite.

Trefflé Yelle réfléchit un bon moment avant de dire :

– Les Mercedes, c'est-tu toutes des diesels ?

– Je ne sais pas. Pas la mienne, en tout cas.

– Ah.

Ce « ah » explique tout. Le moteur du traversier est un diesel et le vieux croyait que toutes les Mercedes roulaient au diesel. Il y a longtemps, c'était presque vrai. Mais il y a belle lurette que les Mercedes vendues en Amérique roulent presque toutes à l'essence.

Martin aurait bien envie d'engueuler son équipage qui n'a pas songé à lui signaler ce problème crucial.

Mais il se calme avant même d'exploser. Il croit se souvenir que le vieux s'était montré réticent à mettre de l'essence de la Mercedes dans le réservoir du traversier. De toute façon, un traversier sans gouvernail et sans moteur n'est ni mieux ni pire qu'un traversier avec un moteur et sans gouvernail.

Et puis, de savoir son matelot (on ne peut plus l'appeler pilote maintenant qu'il ne peut plus ni faire avancer l'embarcation ni la diriger) aussi inepte que lui le réconcilie avec sa propre ineptie.

Depuis un bon moment, le fleuve s'élargit et ne cesse de s'élargir, de la même manière que le jour ne cesse de s'éclaircir dans un matin nuageux et frisquet.

Martin Guertin comprend qu'ils arrivent au lac Saint-Pierre – pas un vrai lac mais un simple élargissement du fleuve entre Sorel et Trois-Rivières. Le bateau ralentit. À moins qu'il ne donne l'impression de ralentir parce que les rives plus éloignées défilent moins rapidement. Mais Martin conclut que le débit du fleuve doit vraisemblablement être plus lent s'il s'élargit, de la même manière que l'eau devient torrent dans un canyon étroit. Il ne connaît pas grand-chose à la physique (si c'est la physique qui se préoccupe de ces bêtises-là), mais cela n'en tombe pas moins sous le sens.

Devant eux, un navire s'approche, immense, et grossit encore à vue d'œil. Son pont est chargé de conteneurs – surtout des bleus, mais aussi quelques rouges, des verts et au moins un jaune. Le pilote du porte-conteneurs a vu le traversier, puisqu'il actionne sa sirène.

– Je pense qu'on ferait mieux de s'enlever de devant, décrète Martin.

Mais son matelot ne sait pas plus que lui comment s'enlever de devant un cargo quand on n'a ni gouvernail ni moteur.

– Pas de danger, murmure enfin Trefflé Yelle lorsqu'il paraît évident que le navire ne leur rentrera pas dedans.

Le pilote du *Nordic Spasm* doit en être moins sûr, parce qu'il lâche encore quelques coups de sirène intempestifs dont le sens, même pour un non-initié, est évidemment « Enlevez-vous de mon chemin ! » À la proue, quelques hommes accourent, s'appuient au bastingage pour regarder ce drôle de bateau indigène qui descend le fleuve en transportant des voitures une à la fois. Les bras de Martin font de grands signes désespérés auxquels les hommes d'équipage répondent par des gestes d'amitié. Il y a même deux ou trois éclairs de flash.

– C'est des Chinois, dit Trefflé, comme si cela expliquait tout – qu'on les croque sur pellicule, qu'on les salue joyeusement et qu'on rie d'eux, d'un rire qu'ils n'entendent pas mais qu'il est facile de deviner quand on a quelque peu le sens du ridicule.

Le navire passe à une bonne cinquantaine de mètres du traversier. Son sillage le secoue, le fait tourner de quelques degrés. Sans en avoir reçu l'ordre, Trefflé se précipite dans la cabine, tente de mettre le moteur en marche. Peine perdue. Le traversier reprend son cap habituel, se dirigeant imperturbablement vers le golfe du Saint-Laurent et l'océan Atlantique.

Martin Guertin se dit que l'un et l'autre sont bien trop loin pour penser qu'ils pourraient se rendre jusque-là. Et il se rend aussitôt compte qu'il vient justement d'y penser.

Un troisième homme

Le traversier qui fait la navette entre Saint-Roch et Saint-Ours n'a jamais eu de nom. On l'appelle tout simplement le traversier de Saint-Ours si on habite la rive droite du Richelieu, et le traversier de Saint-Roch si on est de l'autre côté. Pourquoi donner un nom à un objet qu'on peut décrire de façon aussi succincte et subjective?

Une personne, pourtant, le fait. Il l'appelle l'*Amélie,* même si ce nom n'est inscrit ni sur la coque du bateau ni nulle part ailleurs. Et cette personne en est le conducteur, le capitaine, le garde-moteur, le préposé, le pilote, le chauffeur et tout ça à la fois: Donald Latraverse. Tout jeune enfant, dès qu'il a su son patronyme et le terme par lequel on désigne l'embarcation qui relie Saint-Ours et Saint-Roch, il a compris qu'il était destiné à gagner sa vie à son bord. Prédiction d'autant plus aisément réalisable que son oncle, Gaston Dupré, en était le propriétaire.

Et tandis que, peu avant l'aube, le traversier vogue devant l'Hôtel-Dieu de Sorel, son conducteur, capitaine et tout le reste est immobilisé dans une chambre du même Hôtel-Dieu. Justement, il vient d'ouvrir un œil. Puis il tente d'ouvrir l'autre, qui ne veut pas. Tant pis. Il se contente de regarder avec celui qui veut.

Il est dans une chambre d'hôpital. C'est facile à voir, même s'il n'a jamais été dans un hôpital sauf pour naître.

C'est une chambre à deux lits. Sur l'autre lit, il y a quelqu'un dont l'aspect le console de n'avoir qu'un œil à ouvrir. Celui-là a la tête entièrement couverte de pansements. Seul son nez dépasse. Comment peut-on se casser la gueule si totalement sans se briser le nez ? se demande Donald. Qu'est-ce que ça peut faire ? se demande-t-il encore un instant plus tard. Peut-être a-t-il lui-même la tête entièrement pansée avec seulement un œil qui dépasse. Il tente de lever la main gauche. Ce n'est pas impossible, mais c'est plutôt douloureux au niveau de l'épaule. La droite, en meilleur état, accepte de porter la main au visage. Il a un pansement sur l'œil gauche et une partie du crâne, mais rien d'autre, à part un pansement à l'épaule gauche et un autre au même bras. Perdra-t-il cet œil ou l'a-t-il déjà perdu ? Ce n'est pas bien grave, il lui en reste un. Il n'y a sûrement aucun règlement qui interdise l'usage d'un traversier à quelqu'un qui n'a qu'un œil pourvu que ça en soit un bon. Mais on ne sait jamais.

L'*Amélie* ! Son traversier. Ça lui revint tout à coup. Ce n'est pas son traversier à lui, mais c'est tout comme. C'est lui qui le conduit cinq jours sur sept – sept sur sept quand son oncle et patron, Gaston Dupré, est parti en Floride ou en République dominicaine, comme maintenant. Le reste du temps, l'oncle ne veut pas lui donner plus de journées même si Donald en aurait bien envie. C'est une affaire de temps supplémentaire obligatoire, paraît-il. Donald serait prêt à travailler sur l'*Amélie* sept jours sur sept sans temps et demi. Par contre, il aurait trop honte si jamais ça se savait qu'il accepte de travailler pour moins qu'il devrait.

Il aide aussi à remettre le bateau en bon état tous les printemps. Il gratte la peinture écaillée, assiste Fred Vigneault qui fait la mécanique s'il y a de la mécanique à faire. Sans salaire, mais il continue à recevoir son chômage, alors c'est tout à fait normal. À l'automne aussi, et pour le même genre de rémunération, il vient donner un coup de main quand le tracteur de Jean-Guy Dugal sort l'*Amélie* de l'eau.

La question la plus brûlante qu'il se pose maintenant sur son lit d'hôpital, ce n'est pas « Est-ce que mon œil est perdu ? » c'est « Qu'est-ce qui est arrivé à mon traversier ? »

Il ouvre la bouche et veut énoncer cette question au cas où quelqu'un serait là pour répondre. Pas un son ne sort. Il essaie encore. En vain toujours. C'est sa bouche qui ne bouge pas. Il lève la main, effleure le bas de son visage. « Je me suis fait casser la gueule, mais qu'est-ce qui est arrivé à mon traversier ? »

Une infirmière entre dans la chambre, s'approche de l'autre malade qui semble dormir. Elle ne le dérange pas. Elle vient alors au chevet de Donald. Il veut lui dire : « Mon traversier, vous avez-tu des nouvelles ? » Il ne sort qu'un râle informe, qui suffit pourtant à signifier à la femme qu'il ne dort pas.

– Comment ça va aujourd'hui, monsieur...

Elle lui prend le poignet, cherche son nom sur son bracelet d'identité.

– Monsieur X. Ça va bien ?

– Han-han.

Donald lève son poignet vers ses yeux et parvient à lire, avec celui qui peut lire : « X. X. » On ne sait pas qui il est. Et si on ne sait pas qui il est, on ne sait sans doute pas non plus qu'il est conducteur de traversier et encore moins ce qui est arrivé à son bateau.

L'infirmière s'éloigne. Un homme avance la tête dans l'embrasure de la porte, jusqu'au moment où l'infirmière la referme derrière elle comme pour l'empêcher d'entrer.

Donald a dû se rendormir, parce qu'il se réveille quelques instants ou quelques heures plus tard.

Il fait tout à fait jour, en tout cas. Ils sont plusieurs, cette fois. L'infirmière de tout à l'heure, une autre infirmière, un probablement médecin aux cheveux grisonnants et l'homme dont la tête était apparue plus tôt dans la porte.

– Comment vous sentez-vous ? demande le médecin.

– Han, fait Donald qui s'est pourtant efforcé de répondre « Pas trop mal, merci, et vous, docteur ? »

– Très bien, répond le médecin comme s'il avait compris la question du malade. Ce monsieur est de la police et veut savoir ce qui vous est arrivé.

– Haaaan, dit Donald en tentant de prononcer une phrase bien plus longue que la précédente.

– Il paraît qu'un homme dans une camionnette vous a déposé ici à deux heures du matin. Vous savez qui c'est ?

C'est le policier qui a parlé. Le médecin lui jette un regard réprobateur, probablement parce qu'il lui a interdit de poser des questions autrement que par son entremise.

– Han, dit sèchement Donald qui n'a pas du tout envie de répondre « Gilles Saint-Amour » parce que ça risque de causer des ennuis à la femme de Gilles.

– Et qui est-ce qui vous a fait ça? demande encore le policier.

– Zailles, parvient à articuler le blessé tout fier d'être enfin parvenu à dire la moitié d'un mot entier.

– À mon avis, c'est une affaire de drogue, conclut le policier qui n'a pas deviné qu'il s'agit d'un demi-mot et moins encore s'il s'agit de la moitié de devant ou de derrière.

Le médecin hoche la tête. Oui, les motards qui contrôlent ce trafic ont l'art de lui envoyer des tas de gens avec une tête pareille, même si la plupart des victimes se rendent plutôt directement à la morgue.

L'inspecteur de police s'adresse encore au blessé :

– Quand même, vous êtes chanceux, d'habitude les Satan's Own vous auraient mis dans un sac de couchage et vous auraient jeté au milieu de la rivière sur le traversier de Saint-Ours.

Donald veut protester. Il n'a jamais accepté que les Satans fassent des saloperies pareilles sur son traversier. Parfois, quand ils sont trop bourrés ou trop dopés et qu'ils refusent de payer, il les traverse sans les faire payer. Mais jamais rien d'autre. Même que si quelqu'un – un Satan ou une personne ordinaire – s'avise d'ouvrir une bouteille de bière ou d'allumer une cigarette qui ne semble pas contenir que du tabac, il le prévient que c'est interdit. Si c'est un Satan, l'autre se contente de rire de lui. N'empêche, Donald peut dire qu'il a fait ce qu'il a pu.

– Vous avez eu la réponse à toutes vos questions? raille le médecin.

Le policier hausse les épaules.

– Quand il sera capable de parler, demandez-lui son nom. Comme ça, je vais pouvoir classer mon rapport. On les met par ordre alphabétique.

Il se dirige vers la porte, se retourne et dit, à voix basse mais pas assez pour que le blessé n'entende pas :

– S'il meurt, vous me téléphonez. Faudrait que je rouvre l'enquête, vous comprenez ?

Une des infirmières s'affaire encore auprès de Donald, prend son pouls en regardant sa montre, examine les sacs suspendus à des espèces de patères à côté de son lit. Puis elle lui sourit avant de lui tourner le dos et d'aller se joindre au reste de l'équipe médicale qui interroge l'autre patient dont on ne parvient à tirer plus que deux soupirs. Mais le médecin hoche la tête avec conviction comme s'il en comprenait le sens.

L'infirmière est jolie. Et elle lui a souri. Aussitôt Donald pense à Amélie.

C'est la femme de Gilles Saint-Amour. Il la connaît depuis bientôt trente ans. Ils sont allés à l'école ensemble, à Saint-Ours. Elle s'appelait Amélie Provençal dans ce temps-là. Comme les autres filles, elle ne lui a pas adressé la parole plus de deux fois en six ans, pour lui demander « T'aurais-tu un crayon ? » et « Bijou au pluriel, ça prend-tu un *s*? Elle ne lui a jamais souri de tout ce temps. En tout cas, jamais à lui tout seul. À quinze ans, Donald a quitté l'école et commencé comme apprenti sans salaire sur le traversier. Amélie est allée à Sorel suivre un cours de sténodactylo. Quelques années plus tard, parce que personne n'avait besoin de secrétaire dans les environs, elle a épousé Gilles Saint-Amour, le plus beau garçon du village, qui est mécanicien de diesel et n'est pas un mauvais bougre quand il est sobre. Mais il boit souvent et bat sa femme parfois.

Vers minuit, en juin dernier, un samedi que son mari avait bu plus que de coutume, mais il buvait toujours plus que de coutume le samedi, Amélie est accourue en robe de nuit et en pantoufles. Le traversier était accosté à Saint-Ours.

– Vite, pars! elle a crié en sautant à bord.

En principe, le traversier ne doit se mettre en marche que lorsqu'il y a au moins trois passagers à pied ou à vélo (un piéton ou un cycliste payant à peu près le tiers du passage d'une voiture) et qu'aucun autre véhicule n'approche. Ce n'était pas le cas à ce moment-là, puisqu'une camionnette Ford rouge venait de déboucher au haut de la côte du traversier.

Donald n'a pas hésité un instant. Il a mis le moteur en marche sans prendre le temps de monter le panneau. La camionnette a freiné à la dernière seconde, ses roues avant s'enfonçant jusqu'aux moyeux dans l'eau de la descente en béton.

Gilles Saint-Amour est sorti de son véhicule et a crié quelque chose que le bruit a caché, mais qui devait être une bordée de menaces à l'endroit de sa femme et d'injures à l'intention de Donald. Ou vice versa.

Puis il a repris le volant, a fait demi-tour et s'est éloigné à fond de train.

À Saint-Roch, Amélie a demandé si elle pouvait passer la nuit dans la cabine du traversier.

– Demain matin, il va être dessoûlé puis il va être correct. Mais en attendant je fais mieux de me cacher.

À la lueur des lampes du traversier, Donald a vu qu'elle avait une blessure au front. Il a pris la trousse de premiers soins qui ne servait jamais mais qu'il entretenait soigneusement, remplaçant les pansements à ses frais dès qu'ils avaient l'air quelque peu défraîchis. Avec un tampon d'ouate et du peroxyde, il a nettoyé la blessure, qui ne saignait plus.

– Ça va aller comme ça, elle a dit lorsqu'il a voulu lui mettre un pansement adhésif.

Elle est restée un bon moment assise sur la banquette, dans la cabine. Donald aurait aimé qu'elle lui parle, mais elle a fait mieux encore: elle l'a gratifié du plus beau sourire de femme qu'il avait jamais vu, même à la télévision. C'est à ce moment-là qu'il a décidé que le bateau s'appellerait *Amélie*. Le nom d'une femme aussi belle et souriante ne pourrait que leur porter chance, à lui et à son traversier.

Donald serait resté là des heures à jouir de ce sourire et de son souvenir, mais un bruit lointain a attiré son attention quelques minutes plus tard. Un moteur familier. Il connaissait par cœur le bruit des moteurs de ses habitués. Et ça, c'était un moteur de camionnette Ford F-150. Mais pas de n'importe quelle F-150. D'une F-150 rouge appartenant à Gilles Saint-Amour qui arrivait au haut de la côte de Saint-Roch. Il était allé faire le grand détour par le pont de l'autoroute, à Sorel.

Amélie s'est penchée pour qu'on ne la voie pas par la fenêtre et Donald s'est hâté de remettre le moteur en marche, toujours sans prendre le temps de monter le panneau. Gilles Saint-Amour a encore une fois raté de peu le traversier. Il a refait demi-tour, et est reparti vers Sorel avec la détermination exemplaire des ivrognes au volant.

La fermeture des bars à Saint-Roch et à Saint-Ours a causé des problèmes supplémentaires. Donald a traversé sans incident les ivrognes de Saint-Ours qui s'étaient enivrés à Saint-Roch. Mais lorsqu'est venu le temps de laisser monter ceux de Saint-Roch qui avaient passé la soirée à Saint-Ours, il a vu arriver la F-150 rouge. Il n'a laissé personne embarquer et est reparti aussitôt. Il a éteint le moteur au milieu de la rivière pour bien montrer aux uns comme aux autres que le traversier était fermé pour la nuit.

Sur la rive, les automobilistes sont sortis de leurs véhicules et ont lancé les imprécations les plus diverses. Certains d'entre eux, qui avaient aperçu Amélie dans la cabine du traversier, ont fait des plaisanteries sur ce qui devait se passer au milieu de la rivière :

– Regarde comme ça balance, c'est pas les vagues qui font ça.

– Donald, une capote, c'est pas sur la tête que ça va. C'est sur le petit doigt.

Gilles Saint-Amour était fou de rage.

Au petit jour, Amélie est rentrée à la maison. Son mari dormait. Il ne l'a pas battue à son réveil parce qu'il ne le faisait jamais, le matin.

Les buveurs coincés à Saint-Ours avaient été forcés de faire le détour par Sorel. Les deux premiers avaient eu la mauvaise surprise d'être interceptés à un barrage routier destiné, comme par hasard, à arrêter les ivrognes. Ils auraient pourtant dû s'y attendre et se laisser dépasser par au moins deux des voitures qui les suivaient. Tant pis pour eux et tant mieux pour les autres.

Gaston Dupré accepta de payer leurs amendes et se les fit rembourser par son neveu à raison de vingt dollars par semaine. Pendant presque un mois, on constata aussi une diminution du trafic du traversier dans les nuits du vendredi et du samedi, les gens jugeant plus prudent de boire dans leur village. Mais cela ne dura pas, puisqu'il n'y eut plus d'interruption de service. Et puis, il est bien plus commode d'aller boire dans le village d'en face, où on risque moins d'être relancé par sa femme ou aperçu par un voisin bavard.

Même que Gilles Saint-Amour semblait avoir perdu sa sale habitude de battre Amélie. Il buvait autant, surtout les samedis soir, mais il gardait ses mains sur sa bouteille.

Cela avait duré ainsi tout l'été et presque tout l'automne.

Malgré la promesse faite à son oncle de lui refuser l'accès à son bateau, Donald fut incapable de résister au désir de voir Amélie Saint-Amour lui sourire lorsque, un soir de fin novembre, elle revint, transie, toujours en robe de nuit et en pantoufles, se réfugier sur le traversier. C'était un mardi, son mari ayant pris de l'avance cette semaine-là.

Quand Gilles Saint-Amour arriva dans sa F-150, le traversier était déjà au centre de la rivière, toutes lumières éteintes. Il passa la nuit à faire des appels de phares, histoire d'embêter Amélie et Donald. Les autres automobilistes conclurent « V'là Donald pis Amélie qui recommencent » et firent le tour par Sorel sans trop rechigner parce qu'ils savaient qui paierait leur amende. D'autant plus que la Sûreté du Québec, tout le monde sait ça, ne dresse jamais de barrage en novembre parce qu'il y a moins d'ivrognes sur les routes qu'en été ou en décembre et ce n'est plus rentable de payer le temps supplémentaire des agents.

À l'aube, Gilles abandonna son guet et rentra à la maison. Une heure plus tard, le temps d'être convaincue qu'il dormait, Amélie rentra chez elle en frissonnant.

Contrairement à la fois précédente, Gilles n'avait proféré aucune menace, ni en public ni privément. N'empêche que, la nuit suivante, lorsque Donald a vu, du milieu de la rivière, un homme armé d'une grande cisaille s'approcher du câble du traversier, il a su aussitôt qui c'était et ce qu'il voulait faire.

Gilles Saint-Amour aimait sa femme et, s'il la battait, il n'aurait rien fait par exprès pour mettre sa vie en danger. Sa santé, peut-être. Mais pas sa vie. Les ivrognes sont souvent comme ça. Ils veulent faire mal à leur femme, mais pas la tuer, même s'il arrive souvent qu'ils tapent trop fort ou avec des objets trop lourds ou trop coupants.

Par contre, il en voulait à mort à Donald Latraverse. Il ne soupçonnait pas vraiment Amélie de le tromper avec ce type qui n'avait ni charme, ni argent, ni conversation. Ce qui le mettait en rogne, c'était plutôt qu'on riait de lui à Saint-Ours et à Saint-Roch et peut-être aussi loin que Saint-Antoine d'un côté et Sainte-Victoire de l'autre.

Quand Donald a aperçu Gilles accroupi auprès du câble, il a poussé le moteur au maximum, baissé le panneau, sauté sur le rivage et tenté de s'emparer de l'outil.

Gilles mettait bien plus de temps qu'il ne s'y attendait à couper ce damné câble d'acier. La cisaille était mal affûtée. Ou ce n'était pas la sorte de cisaille qu'il aurait fallu. Ou le câble avait été fabriqué exprès pour résister à tout, à commencer par les cisailles. Il s'est vite lassé de discuter avec Donald, qui le suppliait de lui taper dessus plutôt que de couper le câble de son traversier. Il a soulevé son outil quand Donald a essayé de s'en emparer et, tant qu'à l'avoir soulevé, il lui en a donné un premier coup sur le crâne. Comme Donald ne lâchait pas prise, il a fallu lui en donner plusieurs coups, de plus en plus fort, sur l'épaule, les bras et la tête encore. Finalement, Donald est tombé. Gilles a pu continuer son travail en paix et couper le câble pour de bon.

Il a ensuite pris Donald dans ses bras avec l'intention de le porter sur son traversier. Il l'a échappé. Le temps de le reprendre et le jeter sur son épaule pour mieux le tenir, le traversier s'est déjà éloigné avec une Mercedes et le vieux Trefflé, qui s'était d'abord arrêté à côté de Donald pour voir ce qu'il faisait. Mais il se mêlait toujours de ses affaires. Il avait remis ses fesses sur la selle de sa bicyclette et s'était laissé glisser jusqu'au traversier dès qu'il était arrivé. C'était la seule façon de faire semblant qu'il n'avait rien vu.

Gilles était vengé : avec ou sans Trefflé, la dérive du traversier allait causer des tas d'emmerdements à ce maudit Donald. D'autant plus que la Mercedes, c'était une voiture de riche de la ville. À bien y penser, c'était encore mieux que d'envoyer Donald tout seul sur son bateau. Des gens de la ville seraient plus difficiles à calmer que des gens de village. Les gens de la ville, ça connaît des politiciens, des avocats et toutes sortes de gens pesants. Donald perdrait son emploi. Et Gilles pourrait battre sa femme comme bon lui semblerait sans qu'elle profite du fait qu'il devait uriner de temps en temps pour courir se réfugier sur le traversier s'il avait le malheur de s'assoupir un petit moment dans les toilettes.

– Ça t'apprendra, a dit Gilles.

Donald n'a pas réagi. Il est resté sur son épaule, sans dire un mot, sans broncher, comme quelqu'un qui est mort ou qui ne va pas tarder à l'être.

Gilles a réfléchi. Le travail à la cisaille et sa brève lutte avec Donald l'avaient un petit peu dégrisé.

Il avait envie que Donald soit mort, mais pas vraiment envie de le tuer. S'il l'abandonnait là, il mourrait sûrement parce que l'heure du dernier traversier venait de passer et personne ne viendrait plus par là. Dans la nuit du vendredi au samedi ou du samedi au dimanche, il y a toujours des gens qui arrivent pour embarquer bien après l'heure de fermeture affichée, parce que si Donald est encore là, il continue de traverser du monde tant qu'il y a du monde à traverser. Mais on était dans la nuit du mercredi au jeudi et plus personne ne viendrait.

Le mieux, ce serait d'aller porter Donald à l'Hôtel-Dieu de Sorel. On le soignerait s'il n'était pas encore mort. Et on ferait ce qu'il faudrait s'il l'était.

Gilles a remonté la côte, avec Donald sur une épaule et la cisaille dans une main, jusqu'à sa camionnette à mi-chemin dans la descente. Il ne titubait plus. Il se sentait même quasiment dessoûlé. Il a essayé de déposer le corps dans la caisse avec un minimum de délicatesse. Mais ça a quand même fait « boum ». La tête ? Peut-être. Tant pis. Donald était probablement déjà mort de toute façon. Gilles a lancé la cisaille à côté du cadavre. En se penchant, il a vu le portefeuille de Donald par terre. Il l'a ramassé et mis dans sa poche. Il lui remettrait plus tard, s'il n'était pas mort. Et puis, c'était à Donald de payer l'essence de son aller retour à Sorel, tout le monde serait d'accord avec ça puisque c'était pour lui sauver la vie.

Il conduisait lentement. Plus lentement qu'il ne l'avait jamais fait à cette heure. Ce n'était pas le temps de se faire prendre par la police. Il avait un peu bu, mais pas plus que d'habitude le mercredi, peut-être quatre ou cinq grosses bouteilles de bière. Pas beaucoup plus. Il dépassait la limite permise, mais pas assez pour que les agents, qui le connaissaient bien, l'embêtent pour si peu. Des policiers raisonnables ne s'acharnent jamais sur un ivrogne un soir qu'il a bu moins que de coutume. Ce serait l'encourager à boire plus la prochaine fois. Par contre, il serait difficile d'expliquer ce que faisait ce corps à l'arrière du camion, surtout s'il avait viré cadavre.

Gilles s'est arrêté devant la porte des urgences de l'Hôtel-Dieu. Il n'y était jamais allé et pensait, parce qu'il avait vu ça dans des dramatiques à la télévision, que dès son arrivée des infirmières et des médecins se précipiteraient vers lui. Il les aiderait à mettre Donald sur une civière et profiterait de l'excitation générale pour remonter dans la camionnette et s'enfuir.

Mais ça ne s'est pas du tout passé comme ça. Il n'y avait personne en vue. Il a donc dû baisser l'abattant de la F-150, tirer Donald par les pieds, le placer encore une fois sur son épaule, faire quelques pas jusqu'à la porte, maintenir celle-ci entrouverte en y coinçant une de ses chaussures.

– Y a-tu quelqu'un ?

Personne n'est accouru. Pas de réponse non plus. Gilles est resté là un moment encore à réfléchir. Il a alors déposé le corps à ses pieds. La porte ouverte ferait un courant d'air et une infirmière frileuse finirait bien par venir voir pourquoi elle n'était pas fermée.

– Que c'est qui se passe? a crié une voix d'homme, peut-être celle du gardien de nuit.

Gilles est remonté dans sa camionnette et est rentré chez lui, bien plus vite qu'il n'était venu.

Donald lève le bras pour voir sa montre. Il n'a toujours que le bracelet de plastique avec son nouveau nom: X. X.

Ce qui est rassurant, finalement, c'est que Gilles est venu le conduire à l'hôpital au lieu de continuer à couper le câble en acier solide, tissé serré. Pourquoi s'obstiner à se venger sur un traversier qui ne lui a rien fait? Il a cassé la gueule à Donald, ça a suffi. Mais qu'est-ce qui l'a empêché de le laisser mourir là, au bout de son sang? Probablement la crainte de la police, sûrement plus sourcilleuse quand quelqu'un est mort entièrement plutôt qu'à moitié. À moins qu'Amélie soit arrivée, qu'elle ait vu Donald blessé et insisté pour qu'on l'amène à l'hôpital. Oui, c'est sûrement ça: elle est venue avec Gilles. Peut-être même que c'est elle qui conduisait la F-150 parce que son mari avait trop bu. On ne sait jamais.

Un homme habillé en blanc comme une infirmière entre dans la chambre avec deux plateaux et jette un coup d'œil aux patients. Il doit conclure qu'ils ne sont pas en état de manger, puisqu'il ressort avec ses plateaux.

Un peu plus tard, une infirmière, pas la même que celles d'avant, vient lui faire une piqûre.

L'effet est presque immédiat. Même qu'après cinq minutes – ou une demi-heure, comment savoir? – Donald se sent tout à fait en forme et capable de sortir de là pour accomplir son devoir. Car son devoir est clair: s'occuper de son traversier avant qu'il ne casse son câble.

En fait, c'est ce qui inquiète Donald au plus haut point: personne d'autre que lui ne peut se préoccuper du sort de l'*Amélie.* L'oncle est dans le sud. Les automobilistes qui arrivent aujourd'hui pour prendre le traversier vont juste maudire Donald parce qu'il n'est pas là pour le faire fonctionner et ils vont se dépêcher de faire le détour par Sorel, sans se donner la peine d'avertir la police parce qu'ils sont trop en retard de toute façon.

À moins que Gilles Saint-Amour s'en occupe? Non, on pourrait soupçonner que c'est lui qui a essayé de couper le câble. Amélie? Ça pourrait causer des ennuis à son mari. Trefflé Yelle! Oui, c'est lui qui arrivait avec sa bicyclette. Mais non, ce n'est pas son genre. Il ne se mêle jamais de rien parce qu'il n'aime pas la police. Les gens dans la Mercedes? Des gens de la ville, ça. Toujours pressés. Pas le genre à se préoccuper d'un traversier au câble effiloché.

Plus il y pense, plus c'est évident: le seul à se préoccuper de l'*Amélie,* c'est lui, Donald. Mais le peu qu'il voit de sa personne lui démontre clairement qu'il en a pour quelques jours encore avant qu'on lui donne son congé de l'hôpital. Pas question d'attendre.

Il a deux aiguilles dans le bras. Il en arrache une, pour voir. Ça ne fait rien. Il ne saigne pas. Le liquide du tube dégouline tranquillement par terre. Il tire sur l'autre aiguille. C'est pareil. Et il ne meurt pas instantanément. Même qu'il se sent un peu mieux.

Il sort du lit. Ce n'est pas trop pénible. Ses jambes n'ont rien. C'est commode, les jambes, quand on veut s'enfuir. Il porte une chemise d'hôpital bleu pâle. Pas moyen de sortir avec ça en novembre. Il va au placard, dans l'espoir d'y trouver ses vêtements. Ils n'y sont pas. Mais il y en a d'autres, sûrement ceux de son compagnon de chambre, soigneusement disposés sur des supports à vêtements : une chemise avec une cravate rouge et verte, un costume gris à motif pied-de-poule et un pardessus bleu marine. Sur une tablette, un chapeau anthracite avec un bandeau noir comme presque plus personne n'en porte aujourd'hui, sauf les vieux pour aller à la messe ou aux enterrements.

Donald enlève sa chemise d'hôpital. Il regarde son voisin.

– Je m'excuse, mais j'ai pas le choix.

L'autre fait un signe de tête qui peut vouloir dire oui. Mais peut-être que c'est non. Ou même qu'il n'a pas bougé du tout. De toute façon, Donald a besoin de ses vêtements et l'autre n'aura rien à en faire avant un bon bout de temps.

Il prend la veste du costume, l'échappe par terre. Il devine que la chemise ne passera pas sur le pansement qui lui grossit la main gauche. Tant pis. Il ramasse la veste, passe sa main gauche dans une manche sans trop de douleur. La droite ? Encore plus facile. Il enfile le pantalon plus aisément qu'il ne s'y serait attendu. Comme le reste des vêtements, il est trop ample, ce qui facilite les choses. Sur la fesse, il y a quelque chose qui ressemble à un portefeuille. Donald a un moment envie de le laisser derrière lui. Mais quand on vole des vêtements, qu'est-ce que ça peut faire si on vole aussi un portefeuille ?

Il ne lui manque plus que des souliers. Donald doit se mettre à quatre pattes pour les trouver au fond du placard.

Ils sont à peine trop grands, mais il est incapable de nouer les lacets. La main droite serait capable de tenir son bout, mais pas la gauche. Il se contente de les rentrer dans les chaussures pour éviter qu'ils attirent l'attention en cliquetant à chaque pas.

Sur la porte du placard, il y a un petit miroir. Aussi grand que son visage. De quoi il a air, ce visage ? Avec un minimum d'imagination, d'un malade qui vient d'obtenir son congé parce que de nouvelles compressions budgétaires forcent l'hôpital à envoyer les mourants mourir chez eux. Il met le chapeau. Il est petit, à cause du pansement, mais en tirant bien sur les rebords il accepte de s'enfoncer suffisamment pour qu'on puisse croire qu'il est de sa pointure. C'est beaucoup mieux comme ça, en tout cas. On ne voit presque plus le pansement sur le crâne, seulement celui sur l'œil. Et celui de l'épaule, qui dépasse au cou. Et encore celui de la main gauche, qui déborde de la manche.

Il n'a plus qu'à espérer que le personnel de l'hôpital sera trop occupé pour faire attention à lui. Il sort, croise une infirmière qui pousse à son tour la porte qui vient de se fermer derrière lui. Il l'entend dire :

– On va vous transférer à Montréal.

Puis, une fois qu'elle a constaté que le patient n'est plus là :

– Ils nous disent plus jamais rien !

Elle repart d'un pas vif, dépasse Donald sans remarquer ce petit vieux avec un chapeau comme plus personne n'en porte.

Il entre dans l'ascenseur, où s'entassent toutes sortes de gens qui ne font pas plus attention à lui que ne l'a fait l'infirmière. Donald a toujours eu, sans le savoir, ce talent très rare de n'être jamais remarqué. Même quand il a quasiment l'air d'une momie ambulante.

À la sortie, il prend la direction du port de plaisance. Une marche d'à peine dix minutes à petits pas rapides. Il ne rencontre qu'une vieille qui promène son chien. Elle ne le regarde pas mais le chien se met à aboyer furieusement dès qu'il l'aperçoit.

– Gamine, du calme, ordonne la femme une dizaine de fois sans aucun effet sur le cabot qui se retourne pour aboyer encore après Donald.

Au port de plaisance, désert en cette saison, Donald se dirige vers l'atelier de Fred Vigneault. C'est lui qui vient avec son bateau réviser le moteur du traversier et remplacer le câble tous les printemps.

Il y est, en train de prendre sa première bière de midi, toujours la meilleure de la journée, assis devant un moteur partiellement démonté. Il regarde entrer l'homme en pansements, dans des habits trop grands pour lui, et le reconnaît tout de suite à sa démarche, car Donald Latraverse avance toujours à tout petits pas. Des pas si rapides qu'on dirait qu'il flotte bien plus qu'il ne marche, ce qui est tout à fait indiqué pour un conducteur de traversier.

– Donald ? Que c'est qui t'est arrivé ? Tu t'es déguisé en momie ? L'Halloween, c'était y a trois semaines.

Fred rigole de sa plaisanterie qu'il trouve infiniment plus drôle qu'elle ne l'est en réalité. Puis il en trouve une autre qu'il croit encore meilleure parce qu'il commence à rire de celle-là avant même de l'avoir dite :

– Juste à te voir, dit-il enfin entre deux éclats de rire, juste à te voir, on dirait que t'as fini par rencontrer ton homme. C'est-tu Ti-Gilles Saint-Amour ?

Donald secoue la tête. Il n'a toujours aucune intention d'accuser Gilles.

Après avoir bien ri, Fred vide sa bouteille de bière, en prend une autre dans la caisse derrière lui, l'offre à Donald qui refuse d'un secouement de son paquet de pansements. Il n'est pas sûr d'être capable de l'avaler. Et puis, il n'en boit que les jours où il ne conduit pas l'*Amélie*. Il reviendra en prendre une ou deux avec Fred à son premier jour de congé. Il aimerait bien dire ça, mais il n'y arrive pas. Ce n'est pas seulement sa bouche, ce sont aussi les mots qu'il ne parvient pas à mettre en ordre dans son cerveau. Il est habitué, comme les gens qui le connaissent.

– Bon, que c'est que je peux faire ? demande Fred, enfin à court de plaisanteries.

– Hin-han, fait Donald.

– J'espère que ton traversier a pas de problème, parce que je viens de serrer le bateau pour l'hiver.

Il désigne derrière lui, par la fenêtre, un grand bateau vert dont la coque est renversée sur le quai. C'est celui qu'il équipe de deux énormes moteurs hors-bord pour remorquer les plaisanciers en panne sur le fleuve ou dans la rivière, et le traversier de Saint-Ours quand son moteur a besoin de réparations impossibles à faire sur place.

Sous ses pansements, Donald doit avoir l'air bien penaud, parce que Fred lui offre aussitôt autre chose.

– Si c'est juste pour faire un tour, je peux te passer un Sea-Doo. Je l'ai pas encore serré. Y a Dédé qui s'est fait une blonde à Sainte-Anne. Je lui prête toutes les fins de semaine parce qu'il a perdu son permis, puis il aime autant pas conduire.

De son œil qui peut voir, Donald examine brièvement la motomarine. C'est un modèle quasiment neuf. Il n'en a pas souvent conduit. Surtout des comme ça. Probablement assez fort pour traîner un câble d'acier neuf d'une rive à l'autre. Il hoche la tête de son mieux en faisant quelques « han-han » dont le sens est évidemment affirmatif.

– Je viens de la remplir, précise Fred. Mais si tu tombes à l'eau, tu vas geler comme une crotte. Je peux te prêter un ouette-soute.

Donald secoue la tête. Il enlève seulement son chapeau gris. Fred examine le pansement qui recouvre le crâne de son ami. Il soupire :

– Je sais pas qui c'est qui t'a fait ça, mais il t'a pas manqué.

Donald dépose son chapeau de vieux à côté du moteur démonté, s'éloigne vers le quai.

C'est une motomarine bien plus silencieuse que celles qu'il a essayées jusque-là. Plus puissante, aussi.

L'après-midi est magnifique. Et Donald, qui ne porte d'ordinaire pas attention à ces choses, en prend enfin conscience. Capitaine d'un traversier qui fait constamment la même navette, il a fini par trouver tous les jours pareils parce qu'il les vivait toujours dans les mêmes lieux. Ce matin, en filant presque sans bruit dans le port de Sorel, il lui semble que la vie est belle –

ou qu'elle le sera dès qu'il aura retrouvé son *Amélie*. D'avoir échappé à la mort y est peut-être pour quelque chose. Et sûrement aussi de s'être échappé de l'hôpital.

En quelques instants, Donald est à l'embouchure du Richelieu et commence à remonter la rivière. Encore un peu, et il apercevra l'*Amélie*.

Avant de partir en République dominicaine, l'oncle Gaston a dit à Donald qu'il pouvait fermer quand il voudrait, à condition que ça ne soit pas trop tôt. Donald, face à l'hiver si long, a décidé de reporter le plus loin possible la fermeture du traversier. Pour commencer, ça lui fait perdre son salaire et il doit se contenter du chômage. Et puis, entre la fermeture du traversier et l'ouverture du pont de glace, il se passe quelques semaines pendant lesquelles les automobilistes râlent parce qu'ils doivent faire un long détour par Sorel ou par Belœil. Donald, qui aime bien faire plaisir, aimerait garder le traversier en fonction encore une ou deux semaines. Jusqu'au 7 décembre, au 14 même, s'il ne fait pas trop froid. Peut-être que ce sera possible si le câble n'est pas trop abîmé ou s'il arrive à le remplacer.

Quand il aperçoit les clochers de Saint-Ours et de Saint-Roch, il commence à se rendre compte qu'il y a un problème. Un gros : l'*Amélie* n'est plus là où elle devrait être. Et, comme il vient de remonter la rivière depuis Sorel sans le voir, il est évident que le traversier n'est plus sur le Richelieu. À moins qu'il ait sombré. Mais alors ça se verrait : la garde côtière serait là, à essayer de récupérer l'épave. L'*Amélie* est rendue dans le Saint-Laurent, où les dangers sont bien plus nombreux et bien plus grands. Les énormes transatlantiques se hâtent de quitter la voie maritime avant le gel, et une collision avec l'un d'eux risque de causer une catastrophe, comme en 1965.

Donald fait demi-tour, pousse à fond la poignée de l'accélérateur. Il doit absolument retrouver l'*Amélie* avant qu'il ne lui arrive malheur.

Il est bientôt à l'embouchure du fleuve, a le réflexe de regarder à droite et à gauche comme quand on veut traverser un chemin à pied. Il rit de sa stupidité : l'*Amélie* ne peut pas être à gauche. Les traversiers qui ont cassé leur câble ne remontent pas le courant. Ils le descendent, comme les bouteilles et les bouts de bois. Et les ordures qui flottent.

Une femme, enfin

Ils continuent comme ça, tranquillement, sans moteur, pendant encore une heure, puis deux, puis trois. Il fait un soleil radieux avec de temps en temps des filets de nuages fins, loin dans le ciel, et s'il fait froid, il ne le fait pas autant qu'on pourrait s'y attendre à la fin de novembre au milieu d'un lac si haut dans l'hémisphère nord.

De chaque côté, les minces bandes de terre noire sont percées de loin en loin par l'éclat d'un clocher sous les rayons du soleil. La randonnée silencieuse en bateau n'est finalement pas si désagréable, songe Martin Guertin en regardant sa montre. Il a renoncé à son rendez-vous à Outremont. Pour être là à l'heure dite, il faudrait qu'un hélicoptère le ramasse dans la minute et aille le déposer directement sur la pelouse de son client.

Il a tout à coup une sensation étrange. Il se passe quelque chose. Mais quoi ? Il tend l'oreille. Aucun bruit. En tout cas, aucun ronronnement du moteur d'un hélicoptère salvateur. Il plisse les yeux, regarde tout autour, tourne lentement sur lui-même en scrutant l'horizon. Toujours rien. Que se passe-t-il ?

– On s'est arrêtés, répond Trefflé Yelle qui a deviné la question.

Oui, et c'est ça qui est bizarre. Le clapotis des vagues contre la coque a changé. Maintenant, il ne vient que de l'arrière, et plus fort qu'auparavant. Le traversier a stoppé. L'ancre serait-elle tombée à l'eau et se serait-elle accrochée dans le fond ? Un traversier à câble n'a pas plus besoin d'une ancre qu'un 747. Martin Guertin fait quand même le tour pour s'en assurer, en regardant dans les flots le long des flotteurs. Pas de corde, pas de chaîne, pas d'ancre.

C'est évident : le traversier s'est échoué.

– Des hauts-fonds, décrète-t-il avec autorité, comme s'il s'y connaissait.

Est-ce une bonne ou une mauvaise chose ? Peut-être bonne. Immobilisé au centre du lac Saint-Pierre, le traversier est visible de loin. Il est impossible qu'un hélicoptère ou un petit avion qui passerait par là ne le remarque pas. Ou qu'un chasseur ou un pêcheur – la saison est sans doute finie – donc qu'un braconnier de quelque espèce que ce soit ne trouve pas bizarre ce traversier qui ne va nulle part.

– Faudrait descendre pousser, dit Trefflé.

L'agent immobilier le regarde avec de grands yeux effarés. Descendre dans l'eau glacée ? Pousser cette masse énorme ? Très peu pour lui.

– Vous pouvez y aller si vous voulez, consent-il gentiment.

– Faudrait les deux, précise Trefflé.

Pas question, se dit Martin. Que se passera-t-il s'ils parviennent à dégager le bateau mais ne réussissent pas à y remonter quand il repartira à la dérive ?

– Pas tout de suite, en tout cas.

Est-ce un affrontement ? La première fois peut-être dans l'histoire de l'humanité qu'un capitaine se mutine devant les désirs de son équipage ?

C'est en tout cas la première fois qu'un observateur pourrait déceler une certaine hostilité dans les regards que s'échangent les deux hommes qui jusque-là, à part quelques sourires qui n'engageaient à rien, ne s'étaient manifesté l'un envers l'autre que la plus stricte indifférence. Mais il n'y a pas d'observateur. Par contre, il n'est pas impossible qu'il y ait une observatrice, puisqu'on entend une voix de femme demander :

– Où est-ce qu'on est ?

C'est Trefflé qui est le plus étonné, parce que la voix semble provenir de la Mercedes. Martin se donne une tape dans le front pour se punir de ne pas s'être rappelé plus tôt la présence de sa cliente dans le coffre de sa voiture. Il a des tas de bonnes excuses : l'alcool, puis les événements, puis l'inquiétude pour sa voiture et finalement pour sa vie. Tout ça fait aisément oublier à un agent immobilier qu'il a laissé une cliente dans le coffre de sa Mercedes. Surtout quand elle ne se manifeste d'aucune manière. N'empêche que là, maintenant, il se sent instantanément coupable, même s'il serait bien en peine de dire de quel crime : abandon de cliente, kidnapping involontaire, refus d'assistance à un être humain peut-être pas en danger mais à tout le moins dans une position inconfortable ?

Il court à la Mercedes, ouvre la portière, s'allonge pour tirer sur la manette de dégagement du coffre, constate que Trefflé le regarde avec des yeux ronds.

– C'est ma cliente. Elle voulait dormir pendant que je la reconduisais chez elle.

– Ah bon, fait l'autre, comme si cette explication était parfaitement banale.

Dans le coffre brusquement ouvert se dresse alors une femme comme Trefflé ne se souvient pas d'en avoir déjà vu. Pour commencer, elle est jeune. Vingt ans, vingt-cinq, trente? Elle porte un manteau de fourrure bleu avec un sac à main assorti. Il ne connaît pas d'animal à fourrure bleue, mais il est fort possible qu'il en existe dans d'autres pays.

Tandis qu'elle s'extirpe du coffre, posant prudemment les pieds sur le panneau arrière, il se dit qu'il devrait courir à sa rencontre, lui tendre la main pour éviter qu'elle ne tombe par-dessus bord. Mais il reste figé sur place et continue de l'examiner comme s'il s'agissait d'une extraterrestre.

Peut-être l'est-elle, avec ses cheveux courts, rouges. Pas rouge carotte comme une vraie rousse. Mais rouge pompier comme dans le temps que les pompiers de Saint-Roch avaient un camion rouge avant qu'on le peinture en jaune pour des raisons mystérieuses; dans le journal ils disaient que partout les camions de pompiers devaient passer du rouge au jaune.

La racine de ces cheveux rouges est noire sur l'épaisseur d'un doigt ou deux. C'est de la teinture, conclut Trefflé qui n'est quand même pas totalement ignorant de la vie moderne même s'il n'a pas la télévision. Il possède un vieil appareil noir et blanc, en panne depuis dix ans au moins. Parfois, quand il lui prend l'envie de rêvasser, il tourne le bouton à « On » et regarde longuement l'appareil dépourvu d'image comme de pause commerciale.

La jeune femme a aussi des anneaux en or. Dorés, à tout le moins. Et pas sur les doigts. Trois dans la narine gauche et autant dans l'oreille droite. « C'est spécial, mais pas laid », dirait Trefflé si on lui demandait son avis et s'il parvenait à surmonter sa crise de timidité.

– Vous nous présentez ? demande la femme en se tournant vers Martin Guertin.

– Oui, bien sûr. Candide Labelle. Heu...

– Trefflé Yelle, bredouille Trefflé.

– Tournez-vous de bord, ordonne-t-elle, j'ai envie de faire pipi. C'est ça qui m'a réveillée.

Les deux hommes se tournent docilement vers l'avant du bateau.

– C'est correct, maintenant, dit la femme quand le glouglou s'interrompt.

Et les hommes se retournent et la regardent bouche bée remonter son pantalon mauve sur ses jambes roses.

– Vous avez jamais vu ça, une femme qui remonte sa culotte ?

Ils hochent la tête. Martin Guertin pour signifier que oui, il a déjà vu ça. Et Trefflé Yelle pour dire que oui, il n'a jamais vu ça.

Un coffre

Candide Labelle aime mentir. Pourtant, elle le fait rarement. Par contre, quand elle ment, elle se lance généralement dans de longues séries de mensonges, l'un attirant l'autre et l'autre confirmant l'un. Et c'est finalement ce qu'elle aime le plus du mensonge. Elle en fait un tout petit et elle ne sait jamais où il pourra l'amener. De mensonge en mensonge, elle peut réinventer son passé ou refaire son avenir qu'elle modifie encore par un autre mensonge, juste avant qu'il ne devienne réalité.

La dernière fois, c'était la veille, ou plutôt vers une heure du matin, quand cet emmerdeur d'agent immobilier, après son cinquième scotch, a commencé à lui faire du plat. Il a poussé sa jambe contre la sienne, sous la table. Elle a reculé puis replacé sa jambe où elle était, pour l'affronter.

– Vous avez un amoureux? lui a alors platement demandé l'agent immobilier comme tous les idiots qui hésitent à se lancer plus hardiment à la conquête d'une femme, comme si le fait qu'elle ait un amoureux l'empêchait nécessairement de s'en faire un deuxième.

– J'en ai eu mais j'en ai plus.

– Ah bon?

Il a alors pris l'air gaillard qu'ont les hommes lorsqu'ils apprennent que la chair fraîche qu'ils ont sous les yeux s'offre sans contrainte à leur charme irrésistible.

– Il est mort, a ajouté Candide Labelle.

Cela a commencé à décontenancer Martin Guertin, qui a vidé son verre de scotch, a semblé se demander s'il devait présenter ses condoléances ou quelque autre forme de désolation. Candide a attendu qu'il l'ait bien avalé, pour s'assurer qu'il ne serait pas aussitôt régurgité.

– Il avait le sida.

Juste à voir sa tête, elle a deviné qu'il aurait en effet avalé de travers s'il avait eu quelque chose dans son verre.

Il s'est redressé sur sa chaise, a regardé au plafond.

– C'est dommage, a-t-il dit faute de trouver mieux.

Il n'osait pas poser la question qui lui brûlait les lèvres. Elle a répondu quand même :

– Moi, je suis rien que séropositive.

Il a hoché la tête et a levé la main pour commander une autre tournée – un scotch pour lui, une bière pour elle. Cela se sentait qu'il avait maintenant hâte de partir, mais qu'il n'osait pas le montrer, de crainte de passer pour un goujat qui fout le camp dès qu'il apprend que la fille à qui il offre des drinks depuis des heures a une maladie qui s'attrape.

Il a toutefois avalé ce scotch-là plus rapidement que les précédents. Il a relevé sa manche, regardé sa montre.

– Une heure et cinq ! Faut que je rentre.

Il s'est levé, a mis son manteau, aidé sa cliente à mettre le sien, fait porter l'addition à sa carte American Express tandis qu'elle allait aux toilettes.

Sur le pas de la porte, il a encore demandé :

– Vous êtes assez bien pour conduire ?

Juste pour l'emmerder, elle a répondu :

– Je pense pas. Je vois comme double.

– Je vais vous ramener chez vous, a-t-il dit en espérant qu'elle protesterait.

Mais elle n'a pas protesté. Et puis il a songé que, si elle mourait au volant, la transaction risquait d'être annulée, et la commission aussi.

Dans le stationnement, il a ouvert galamment la portière du passager.

– J'aime mieux aller en arrière, a dit Candide.

– Comme vous voudrez.

Il a fermé la portière avant, lui a ouvert l'arrière.

– Dans le coffre.

Il l'a regardée avec des yeux ronds.

– C'est mieux pour dormir.

Elle aurait pu lui expliquer que, quand elle était petite, son père la laissait se coucher dans le coffre de la Cadillac. Il avait toujours eu des Cadillac, et il en changeait tous les ans pour une neuve, même si souvent il gardait aussi la vieille une année de plus, le temps d'être sûr que la nouvelle lui plairait. Un jour qu'il allait reconduire Candide à l'école et qu'elle lui avait fait une crise parce qu'il n'avait pas voulu lui donner de l'argent pour acheter un yoyo, il l'avait enfermée dans le coffre pour avoir la paix.

Il y avait pris goût.

Elle aussi.

Dans le coffre d'une voiture, on n'entend pas ses parents se quereller ou dire des platitudes. On n'a pas peur des autres voitures qui foncent sur vous à toute vitesse et de tous les côtés si vous avez le malheur d'avoir un père maniaque du respect des limites de vitesse. Surtout, il y a la radio qui vous parvient comme si vous étiez au ciel. Ou au fond d'un cercueil, ce qui est quasiment la même chose. Et tout le temps que dure la balade, vous avez l'impression d'être dans un autre monde où vous ne voyez rien et n'entendez que des bruits feutrés.

Son père, qui croyait qu'il fallait élever les enfants à la dure et ne pas céder à leurs caprices, a cédé à celui-là, parce qu'il ne voyait pas que ça en était un.

Sa mère a été plus difficile à convaincre. Mais après quelques séances de fausse hystérie de sa fille assise sur la banquette arrière, elle a fini par reconnaître que, si la petite voulait voyager dans le coffre, c'était son affaire après tout et elle s'est contentée de lui installer un matelas de caoutchouc-mousse avec un drap, une couverture et un oreiller. Elle lavait ce drap et cette taie toutes les semaines, avec le reste de la literie.

Candide regrettait qu'il n'y eût pas à la maison de coffre à bagages où se réfugier. Elle avait sa chambre, mais ce n'était pas la même chose. Elle avait beau s'y enfermer, éteindre les lumières, tirer les rideaux, se cacher sous sa couverture, elle n'avait pas ce sentiment de sécurité qu'elle ressentait dans le coffre de la Cadillac. Elle ne songea jamais, même lorsqu'elle apprit ce mot-là, qu'elle recherchait la position fœtale. D'ailleurs, il n'est pas sûr que c'était cela qu'elle cherchait.

Ce n'est pas non plus pour cette raison qu'elle quitta définitivement la maison de ses parents à dix-sept ans, après plusieurs fugues ratées à la fin desquelles elle faisait plus ou moins exprès de se laisser rattraper. Elle avait fini par s'apercevoir qu'elle n'avait pas d'affaire là, dans cette immense maison de Boucherville, une banlieue de la rive sud de Montréal.

À sa dernière fugue, son père la fit rechercher avec moins d'insistance que les fois précédentes. Lui aussi en était venu à la conclusion que sa fille n'avait pas d'affaire chez lui.

Il était propriétaire de deux commerces florissants – Labelle Vitrines et Labelle Pare-brise. Il avait fait beaucoup d'argent en les créant et en les faisant prospérer. Quand il avait décidé de les franchiser, il avait fait fortune. Surtout, il avait l'immense plaisir de voir son nom le long des rues commerçantes chaque fois qu'il se promenait aux quatre coins du Québec dans sa Cadillac de l'année. Et c'était son nom à lui, pas celui d'un autre Labelle, même s'il y en avait des milliers dans les annuaires du téléphone.

Il aimait sa fille, comme il aimait sa femme. Sans doute aurait-il plongé dans les chutes du Niagara pour la sauver si l'une ou l'autre y était tombée. Mais il était incapable, en temps normal, de parler d'autre chose que de ses affaires. Et quiconque a fréquenté des gens d'affaires qui ne parlent que de leurs affaires sait à quel point ces gens-là peuvent être ennuyeux.

Candide avait quitté la maison paternelle (c'était aussi la maison de sa mère, mais elle était à l'image de son père : prétentieuse et conservatrice), juste au moment où débutait le phénomène des scouidgis. Elle eut donc l'occasion de se faire des amis qui avaient de quoi boire et manger et qui auraient pu s'offrir un petit logement à partager s'ils y avaient pensé, mais c'était la dernière chose qui leur aurait effleuré l'esprit. C'était le printemps, et elle se joignit à un groupe de squatters qui occupaient la plupart du temps un vieil immeuble abandonné.

Elle aurait dû détester cette vie nouvelle. Quitter la quiétude de sa chambre ou du coffre capitonné d'une Cadillac pour la promiscuité d'un immeuble ouvert à tous venants, ce n'est pas facile. Mais elle s'y fit aussitôt, car une fille unique qui se découvre soudain des quasi-frères et presque sœurs a l'impression de commencer enfin à vivre.

Elle fit surtout la connaissance de Patrick, un grand garçon mou en apparence, mais qui se choquait dur dès que quelqu'un faisait mine de s'en prendre à Candide. Il avait aussi un pénis particulièrement grand, dont il ne se servait pas particulièrement bien, mais Candide était à cette époque bien mauvaise juge de la chose comme de la manière.

La vie était difficile dans ce squat, d'où la police venait les déloger de temps en temps, chaque fois qu'un journaliste avait la drôle idée de faire un reportage attendrissant sur les squatters, surtout en hiver parce que des adolescents qui se gèlent les fesses, ça fait de bien meilleures images que des adolescents qui dorment sans chauffage en été.

Mais il était facile, après le passage de la police, de reprendre possession des lieux en arrachant les planches qui fermaient les ouvertures et en ramassant dans les ruelles de nouveaux matelas malodorants.

Candide ne fut racletteuse (elle aimait bien ce mot, et racletteur, pour dire ce qu'ils faisaient, elle et ses copains) que pendant un an. Donc, un seul hiver. C'était alors très souvent très pénible, surtout quand il y avait des chutes de neige qui auraient rendu les raclettes de caoutchouc bien commodes pour les automobilistes. Mais ceux-ci hésitaient à baisser une glace pour donner une pièce de monnaie et laisser s'engouffrer le froid dans leur voiture douillette.

Elle remarqua que ses concurrents (ce n'étaient pas vraiment des concurrents, mais il est vrai qu'ils se faisaient tous concurrence sans savoir que la concurrence existait) qui avaient des chiens faisaient plus d'argent que ceux qui n'en avaient pas.

Elle en trouva un, de chien. Ou plutôt c'est lui qui la trouva. Un petit chien pas minuscule, mais plutôt petit que grand. Un jour, il la suivit alors qu'elle marchait depuis le squat jusqu'au carrefour des rues Saint-Denis et Sherbrooke, où elle travaillait. Elle fit mine de lui passer la raclette sur le museau. Il recula de presque rien et la suivit encore dès qu'elle se remit en marche. Elle était la première personne à lui manifester de l'attention depuis deux mois qu'il errait en ville. Il n'était pas pour la lâcher comme ça.

Avec le chien, elle fit fortune ou presque. En fait, si elle n'avait pas donné à Patrick l'argent dont il avait besoin pour se procurer une grande variété de substances illicites, elle aurait eu de quoi se lancer en affaires avec plus d'argent que n'en avait eu son père dans le temps qu'il avait lancé les siennes.

À la fin de ce premier et seul hiver de raclettage, elle avait commencé, avec Patrick et Japeux (le petit chien, qui n'aboyait jamais), à occuper un des meilleurs coins pour pratiquer ce métier, si on peut l'appeler un métier. Ils avaient obtenu la sortie du pont Jacques-Cartier, du côté de Montréal. Il y a là un feu de circulation qui oblige les automobilistes à faire une longue pause. Et deux racletteurs rapides peuvent laver une quantité impressionnante de pare-brise avant que le feu ne tourne au vert.

Le chien, qui était peut-être des trois le plus doué pour le commerce, s'avançait entre les voitures, s'arrêtait devant chaque automobiliste, inclinait la tête pour quémander. Il fallait qu'un conducteur ou une conductrice fût vraiment dépourvu de compassion pour refuser l'intervention du racletteur ou de la racletteuse qui suivait.

Par une de ces journées de l'approche du printemps quand les pare-brise sont assez éclaboussés mais pas trop de sorte qu'ils sont toujours sales et qu'un racletteur à chaque feu rouge ne suffirait pas à vous faire traverser Montréal en étant toujours sûr que vous allez où vous voulez, Candide aperçut la voiture de son père. Elle était facile à reconnaître, par son énormité et la quantité de ses chromes, et surtout par le fait que les glaces étaient plus foncées que celles de toute autre voiture. M. Labelle étant le propriétaire d'une chaîne d'établissements qui faisait la teinture des glaces, il lui était possible de les faire teinter beaucoup plus que la loi ne le permettait. Et il avait dans sa boîte à gants le certificat d'un ophtalmologiste qui affirmait que Georges-Antoine Labelle souffrait de glucosité pupillaire (affection inexistante, complaisamment inventée par le spécialiste en échange d'un toit ouvrant à commande électrique) et avait besoin d'un pare-brise assurant une protection maximale contre les rayons ultraviolets.

La Cadillac s'arrêta au feu rouge. Candide l'aperçut, hésita une seconde, décida que son père avait autant que n'importe qui le droit de faire laver son pare-brise même s'il pouvait à peine voir à travers. Elle s'avança. La reconnaissant, le conducteur opta pour ce que sa fille jugeait la manière la plus vexante de se faire refuser ses services : il mit les essuie-glaces en marche, en dépit des hochements de tête attendrissants de Japeux.

– T'as-tu ta Crazy Glue ? cria Candide.

Patrick, qui n'était pas loin, lui lança le tube de supercolle qu'il avait toujours sur lui parce que ça permettait de coller n'importe quoi avec n'importe quoi, à commencer par le pouce avec l'index. Candide déboucha le tube et en envoya une grande giclée dans le pare-brise de la Cadillac paternelle.

Si vous avez déjà, par inadvertance ou par méchanceté, envoyé de la supercolle dans un pare-brise où les essuie-glaces l'ont étalée aussitôt, vous devinez aisément les problèmes que papa Labelle a pu avoir en se rendant à l'atelier de Labelle Pare-brise le plus proche.

Sans que Candide le sût jamais, cela causa la mort de ses parents. Pressé, M. Labelle fit simplement remplacer son pare-brise par un neuf. Mais il n'eut pas le temps de le faire teinter. Ni ce jour-là ni les six qui suivirent.

Une semaine après cette rencontre, en rentrant avec sa femme du lancement de la trente-quatrième succursale de Labelle Pare-brise, à Saint-Hyacinthe, et sans savoir qu'il avait un début de cataracte, il fut ébloui par les phares d'une voiture qui arrivait en sens inverse et la Cadillac alla s'écraser contre un érable. Si rien ne prouve qu'il n'aurait pas eu le même accident avec son pare-brise foncé, rien ne prouve le contraire.

Hélène et Georges-Antoine Labelle moururent l'une sur-le-champ et l'autre quelques heures plus tard à l'Hôtel-Dieu de Saint-Hyacinthe. Georges-Antoine fut conscient assez longtemps pour regretter de ne pas avoir modifié son testament.

C'est par le journal du surlendemain que Candide apprit leur décès. Et le journal suivant lui apprit qu'on la recherchait. L'article précisait qu'elle héritait d'une fortune de quelques millions de dollars.

Pendant une journée, elle s'obstina à jouer de la raclette dans les pare-brise, tandis que Patrick et ensuite les autres copains racletteurs et racletteuses lui disaient que ça n'avait pas de bon sens de refuser tant d'argent, qui autrement irait au gouvernement, qui ferait un tas de conneries avec cet argent-là comme avec celui des autres contribuables.

Elle prit donc rendez-vous avec le notaire mentionné dans le journal. C'était le frère de sa mère et il avait son étude à Saint-Ours, où elle se rendit en stop avec Patrick et Japeux.

À la fin de la rencontre, elle demanda la porte d'en arrière. Le notaire la lui indiqua. Cela permit à Candide d'éviter son ami et Japeux qui l'attendaient de l'autre côté. Elle savait que sa vie ne serait plus jamais la même. Pourquoi changer aussi celle des autres ?

Elle aurait pu tout liquider – entreprises, maison, chalet et la Cadillac de l'an dernier qui attendait dans le garage – et se contenter de vivre très confortablement de l'usufruit.

Mais il lui était venu une idée : pourquoi ne deviendrait-elle pas une femme d'affaires ? Pas une seconde il ne lui passa à l'esprit que cela était dans ses gènes. Au contraire, elle s'imagina que de reprendre à son compte les entreprises familiales était le plus grand pied-de-nez qu'elle pouvait faire à son père. Ou bien elle faisait faillite, et alors il se retournerait dans sa tombe. Ou bien elle réussissait et il ferait au moins deux tours dans le même lieu.

Le comble, c'est que les entreprises progressèrent encore sous la gouverne de Candide.

Elle fut aidée en cela par une conquête inattendue de la coupe Stanley par l'équipe de hockey des Canadiens de Montréal. Après la victoire décisive, des dizaines de milliers de partisans étaient descendus dans les rues et avaient fracassé toutes les vitrines qu'ils avaient pu trouver.

Candide venait justement de faire hausser les stocks de verre à vitrine parce que le représentant du fabricant lui avait juré que les prix monteraient bientôt, ce qui était faux. Mais le représentant était rémunéré à commission, sans salaire. Il fallait bien vivre même quand le marché était en stagnation. Labelle Vitrines fut seule à pouvoir répondre rapidement aux demandes des commerçants affolés, que Candide persuada de signer un contrat à long terme.

C'est ainsi que, sous sa gestion, les Entreprises Labelle devinrent plus rentables que jamais. L'expression « l'empire Labelle » parut pour la première fois avec la photo de Candide en couverture du magazine *Commerce* qui se vendit presque autant qu'*Elle Québec* ce mois-là dans les kiosques à journaux.

Il était inévitable qu'une grande entreprise vitrière de Pittsburgh finisse par offrir à Candide Labelle de racheter la sienne.

Candide, qui n'était pas conne du tout et commençait à se douter qu'elle n'était pas vraiment compétente pour diriger une entreprise (en plus, elle trouvait cela suprêmement ennuyant), fit bonifier l'offre de vingt pour cent et accepta de vendre.

Elle se retrouva donc, dans la vingtaine pas très avancée, avec huit millions de dollars (canadiens, mais c'est quand même mieux que rien). Elle se retrouvait aussi avec une vie vide de sens et de raison.

Elle fit une brève crise de philanthropie et créa une fondation (la Fondation d'aide et de soutien aux racletteurs et racletteuses) qu'elle dota d'un million de dollars. Elle n'en retira toutefois aucune forme de satisfaction. Même que les discussions interminables du conseil d'administration de la FASRR la mirent en rage. Elle abandonna ses activités caritatives et le million dont il ne restait plus grand-chose, même si le sort des racletteurs et racletteuses de Montréal ne s'était pas amélioré de façon mesurable.

Un jour, en faisant le ménage des affaires de son père, elle trouva un livre. C'était la première fois qu'elle en lisait un. Et encore, elle ne le lut pas en entier. Elle remarqua seulement que son père avait marqué certains passages avec un surligneur vert.

C'était l'histoire d'un homme qui partait faire le tour des États-Unis dans une autocaravane.

Elle comprit ou imagina que son père qui n'avait jamais semblé rêver à autre chose que ses affaires avait rêvé de faire comme ce Steinbeck quand il aurait pris sa retraite. Peut-être même s'apprêtait-il à tout abandonner lorsque la mort l'avait fauché (ignorant que c'était son jet de colle qui l'avait tué, Candide n'en ressentait aucune culpabilité et peut-être n'en aurait-elle pas ressenti plus si elle avait su). Et tout à coup cela lui rendit son père intéressant. Même qu'elle commanda la pierre tombale qu'elle avait oublié de faire ériger à la mémoire de ses parents.

Elle décida aussi qu'elle ferait comme son père voulait et comme cet écrivain avait fait : elle partirait aux États-Unis dans un ouinébago. Elle voyagerait seule. Pas dans un coffre : au volant. Elle serait libre comme l'air, déciderait chaque matin où elle irait, si elle décidait d'aller quelque part ce jour-là.

Pour cela, il lui fallait aussi vendre sa maison. On ne voyage pas librement quand on laisse une maison derrière soi.

Justement, un agent immobilier avait laissé sa carte dans la boîte aux lettres lorsqu'il était passé dans le quartier le plus riche de Boucherville, où elle possédait une des maisons les plus chères.

Elle lui téléphona. Il lui fit signer un contrat. Deux jours plus tard, avant même qu'elle ait eu le temps de se renseigner sur le prix des ouinébagos, la maison était vendue.

Il n'y avait plus qu'à retourner à Saint-Ours chez l'oncle notaire.

L'agent immobilier offrit de passer la prendre. Elle refusa. Mais lorsque, convaincu qu'elle avait le sida, il lui avait offert de la ramener, elle avait accepté. À condition de voyager dans le coffre, comme dans la voiture de son père.

Trois poissons

Les deux hommes racontent à la jeune femme comment ils se sont trouvés là. Elle essaie de leur expliquer pourquoi elle aime les coffres de voiture.

– On entend presque rien. Et on dort très bien. Surtout quand on dort dur, comme moi.

Les hommes hochent la tête comme si c'était parfaitement normal et comme si eux aussi avaient souvent fait ça. Martin songe néanmoins «Une vraie folle». Trefflé se dit que la prochaine fois qu'il aura l'occasion de monter dans une voiture, il essaiera le coffre. Mais ça ne lui arrive jamais, personne ne lui offrant de le prendre. Et il ne le demande à personne. Les jours d'hiver où il y a trop de neige pour aller à bicyclette, il reste chez lui d'autant plus volontiers qu'il a rarement quelque part où aller.

Voilà, c'est fait: tout le monde sait comment tout le monde en est arrivé là. Mais personne n'a la moindre idée de comment s'en sortir. Candide y va de quelques propositions, que Martin semble prendre plaisir à rejeter.

– Rester là, ça donne rien. Faudrait repartir le moteur du traversier.

– Le moteur est fini à cause du diesel que Trefflé y a mis. De toute façon, on n'a pas de gouvernail.

Elle exige qu'on fasse un nouvel essai. Infructueux. Indémarrable, ce moteur.

– On pourrait ramer.

– Pas de rames.

– Et ça ? On pourrait pousser dans le fond.

Trefflé prend la gaffe, la plante au fond du lac, pousse de toutes ses forces. Le bateau ne bouge pas d'un millimètre.

– Vous avez pas un cellulaire ? demande Candide. J'ai laissé le mien dans ma Cadillac.

Trefflé est impressionné : une si jeune femme avec une Cadillac. Candide a deviné qu'il l'est. Elle s'explique :

– Mon père en avait deux. Il est mort dans l'autre.

– Ah bon.

En ronchonnant, Martin récupère son téléphone dans la boîte à gants de la Mercedes, appuie sur quelques boutons. Sans aucun effet. Candide lui arrache l'appareil des mains, pousse à son tour sur tous les boutons les uns après les autres sans que rien s'allume ni se fasse entendre.

– Il est déchargé, constate-t-elle.

– Je n'ai pas le chargeur, avoue Martin piteusement.

Elle lui rend son bidule, entre dans la cabine du traversier.

– C'est quoi, ça ?

Les autres ne répondent pas. C'est évident que c'est un coffre à outils. Même que Martin l'a ouvert et a constaté qu'il contient effectivement quelques outils. Candide en prend un, l'examine, se relève, regarde tout autour pour essayer de deviner de quelle manière un tournevis pourrait être utile, ne trouve rien, remet l'outil à sa place, en prend un autre, fait un nouveau tour des yeux avant de le laisser tomber.

– N'empêche qu'on a au moins ça, dit-elle enfin.

Martin a du mal à cacher son agacement. La jeune femme semble avoir décidé que désormais ce serait elle qui prendrait le commandement. Et il protesterait s'il n'était pas parfaitement conscient que Trefflé et lui ont été absolument ineptes jusque-là, alors aussi bien la laisser jouer à la patronne même si cela lui tombe sur les nerfs. De toute façon, un capitaine sur un bateau immobilisé, sans moteur ni gouvernail, ne peut pas faire tellement de dégâts.

– C'est quoi, ça ?

Elle a déniché une bouteille. C'est une bouteille d'eau, c'est écrit sur l'étiquette. Mais est-elle remplie d'eau ? C'est difficile à dire. Elle est remplie aux trois quarts et a de toute évidence déjà été débouchée. Ce pourrait être du pétrole à lampe, de l'alcool à friction, de la vodka ou tout autre liquide incolore. Elle tend la bouteille à Martin, dans un geste qui ressemble à l'ordre de goûter ça pour voir si ça ne le ferait pas mourir.

L'agent immobilier a comme premier réflexe de repousser la bouteille, et comme second de la refiler à Trefflé. Mais il commence à avoir soif. Il la garde pour lui, tourne le bouchon, l'enlève, pose son nez sur le goulot. Ce n'est pas du pétrole, en tout cas. Ni de l'alcool. À moins qu'il existe des alcools qui ne sentent rien du tout.

Il avale une petite gorgée. Cela semble buvable. Une grande rasade. C'est de l'eau. Une autre rasade le confirme. Candide lui enlève la bouteille et la donne à Trefflé.

Reconnaissant, celui-ci avale ce qui doit être un peu moins que le deuxième tiers du contenu de la bouteille et remet le reste à la jeune femme. Candide observe ses deux compagnons. Si le liquide est susceptible de rendre malade ou de causer la mort, son effet n'est pas instantané. Alors elle boit à son tour et vide la bouteille C'est de l'eau. Plutôt bonne. Froide.

– Qu'est-ce qu'on a à manger?

Ses deux camarades ne semblent pas avoir de quoi satisfaire ce désir, puisqu'ils ne font rien. Ils restent là, bêtement, les bras ballants. Même que Martin a ouvert la bouche, comme un oisillon qui attend qu'on lui mette quelque chose dans le bec.

Bon. Candide se met à la recherche de nourriture. Elle espère trouver quelque part un réfrigérateur ou une glacière. Il y a à l'intérieur de la cabine et sur le pont plusieurs petites portes de différentes dimensions, qu'elle ouvre les unes après les autres. C'est ainsi qu'elle découvre le moteur (sans intérêt et aucunement comestible), deux extincteurs chimiques (superflus quand on n'a même pas d'allumettes à bord), et un petit coffre en plastique vert, dans lequel elle découvre une canne télescopique et différents articles de pêche: moulinet, hameçons et une cuiller rouge et blanche. Des choses éminemment utiles, à condition de savoir pêcher. Mais Candide n'est jamais allée à la pêche. Son père ne pêchait pas. Elle ne lui connaissait d'ailleurs aucune forme de loisir. En tout cas, aucun qu'il partageait avec sa fille.

– Y a quelqu'un qui sait pêcher? demande-t-elle.

– Eh bien..., commence Martin, qui n'a jamais pêché de sa vie mais à qui il semble que ça ne doit pas être bien difficile.

– Moi, avoue Trefflé comme si c'était une activité honteuse parce qu'il trouve justement qu'il n'y a que les paresseux qui passent leur temps à pêcher au lieu de ne rien faire.

– Allez-y, ordonne Candide.

Trefflé s'empare du coffre, entreprend d'allonger la canne.

– Un bateau, dit Martin.

Candide tourne les yeux dans la même direction que lui. Oui, il y a un bateau. Un gros. Du genre à traverser l'océan sans sombrer. Avec une coque noire et rouge et une cheminée de mêmes couleurs. Il faut attirer son attention.

– Montez sur le toit, ordonne Candide.

Martin espère que l'ordre s'adresse à Trefflé. Mais non : c'est lui que la jeune femme regarde, puisque l'autre est occupé à se préparer pour la pêche. Il soupire, enlève son manteau qu'il replie soigneusement et dépose dans la voiture. Il pose un pied sur la rambarde, met les mains sur le toit, se donne un élan. Candide pousse sur son fessier et cela l'excite, mais ce n'est vraiment pas le moment de se laisser exciter. Le voilà sur le toit. Il rampe jusqu'au centre.

– Debout, pour qu'ils vous voient.

Il se lève lentement. Merde, il a le vertige. Ou le mal de mer. Pourtant, le bateau est parfaitement immobile. Mais Martin constate qu'il est rendu bien plus haut qu'il ne le pensait. Comme la seule fois de sa vie qu'il a osé monter sur le tremplin de trois mètres, à la piscine. Il avait neuf ou dix ans. Le tremplin semblait tout petit, vu d'en bas. Mais, rendu en haut, la surface de l'eau avait l'air infiniment éloignée. Il n'avait pas pu plonger. Il avait fait demi-tour, était redescendu au milieu des quolibets des garçons et des filles de son âge et n'était jamais retourné à la piscine.

Il aurait dû dire plus tôt qu'il n'aime pas les hauteurs, même les plus petites. Mais maintenant qu'il est rendu sur le toit, il est trop tard pour l'avouer.

Pourtant, il se trouve terriblement haut. Bref calcul. Un bon mètre entre l'eau et le pont. Deux mètres et demi pour le toit. Et presque deux mètres entre ses pieds et ses yeux. Cela fait, voyons voir : cinq mètres au moins. Plus de quinze pieds. Pas étonnant qu'il se sente les jambes molles et la tête qui tourne.

– Faites des signaux, crie la voix de Candide qui semble très lointaine tout à coup. Avec les bras.

Martin lève un bras. Et sa main doit se retrouver à six bons mètres au-dessus de l'eau. Ce n'est pas le sommet de l'Everest, mais quand même...

– Qu'est-ce qu'y a encore ? demande Candide qui le voit pâlir et chanceler.

Il se ressaisit, lève l'autre bras, parvient à les agiter tous les deux, en même temps, de droite à gauche, de gauche à droite, de droite à...

Plouf ! Le voilà dans l'eau. Il ne s'est pourtant pas aperçu qu'il tombait. Il avale de l'eau. Et il se sent aspiré vers le fond comme un instant plus tôt il se sentait aspiré vers le bas. Il va se noyer, c'est sûr.

– Un homme à la mer ! crie la jeune femme, d'une voix qui lui paraît encore étrangement lointaine.

Aussitôt après, il reçoit quelque chose sur la tête.

– Accrochez-vous.

C'est une des bouées suspendues à la rambarde. Il est sauvé. Il serait plus sûr de l'être s'il avait la tête au milieu de la bouée. Il ramasse son courage, rentre la tête dans l'eau, se donne une poussée du bout des pieds. Voilà, c'est fait. Il ne risque plus rien. Il a la tête à l'air libre, les deux bras posés sur la bouée, et les deux pieds solidement ancrés dans le fond. Même qu'il parvient à faire les quelques pas qui le séparent du traversier.

Le seul danger qu'il court maintenant vient de la pointe de la gaffe qui se promène autour de ses yeux et de son nez en essayant de l'agripper par ses vêtements, ses cheveux ou une narine.

– Laissez faire, j'ai les pieds dans le fond.

La gaffe disparaît de sa vue. Les autres l'aident à monter. Il abandonne la bouée derrière lui. De toute façon, il en reste neuf et ils ne sont que trois.

Il est parfaitement trempé et ne tarde pas à grelotter. Candide l'aide à se déshabiller. Il se réjouit d'avoir son slip préféré – le bleu bien serré, qui lui fait un gros pénis. Mais là, sans doute à cause du bain dans l'eau glacée, son sexe est tout petit. Tant pis.

– Atchoum!

– Vite, dans l'auto.

Elle lui ouvre la portière. Il entre dans la voiture.

– Les clés sont dans mon pantalon.

Elle lui tend les clés. Il enjambe la console centrale, met une clé dans l'allumage en priant qu'il reste de l'essence. Le réservoir est presque au tiers plein, indique le tableau de bord. Et le moteur s'allume. Instantanément ou presque, de l'air chaud afflue sur lui tandis qu'il lâche encore un éternuement qui éclabousse le volant et le couvercle du coussin gonflable.

– Le bateau! s'écrie Candide. Il s'en va.

Elle referme la portière, grimpe sur le toit de la cabine sans le moindre effort, sautille sur place en levant les bras, enlève son manteau bleu, l'agite pendant cinq bonnes minutes, tandis que Martin se dit que, si elle ne fait pas attention, elle va faire un plongeon dans l'eau elle aussi. Elle ne tombe pas. Mais elle n'attire pas l'attention des gens du bateau. En tout cas, le navire ne change pas de cap ni n'utilise sa sirène pour annoncer qu'on l'a vue. Candide redescend du toit de la cabine en maugréant :

– Les maudits débiles en marde. Pas capables de regarder ailleurs qu'en avant.

Martin ne l'a pas entendue ou ne fait pas attention à ses récriminations. Il règne dans la Mercedes une chaleur doucereuse. Il se sent bien, tout à coup. Il est presque nu. Il a devant les yeux une fille plutôt jolie, qui porte un jean moulant et un chandail jaune serré sur une poitrine pas très fournie mais ferme.

Pour la première fois de sa vie, il se sent heureux. Ou plutôt, il perçoit enfin que le bonheur est autre chose que ce qu'il a recherché jusque-là. L'ambition, l'argent, la considération des autres – il n'en a jamais eu en quantité importante ni fait tellement d'efforts pour les obtenir, mais il a passé une bonne partie de sa vie à se préoccuper de ces choses, alors qu'il suffit d'être quasiment nu sans avoir froid et de regarder une femme pour avoir l'impression de ne plus avoir besoin de rien. C'est peut-être cela, le bonheur, et il en prend conscience : le bonheur, c'est n'avoir envie de rien. Même pas de cette femme trop jeune et trop bizarrement jolie pour lui.

En baissant les yeux, il se rend compte que son petit zizi devenu minuscule dans l'eau est maintenant gonflé à bloc, avec une belle érection dont il ne connaît pas la cause, car, s'il a admiré Candide, il ne lui semble pas l'avoir désirée. Pourtant son sexe s'est allongé au-delà de la ceinture élastique de son slip et semble le regarder impertinemment avec son petit œil ouvert de pénis circoncis.

Il relève les yeux. Candide ne le regarde pas, et regarde encore moins ce sexe dur qui se mêle de ce qui ne le regarde pas.

Martin remonte son slip. Il ferme les yeux, s'efforce de retrouver l'impression de béatitude (c'est bien une impression, pas une réalité, il en est parfaitement conscient, mais quelle différence ça peut faire ?) Le rêve est rompu par un cri de Trefflé :

– J'en ai un ! J'en ai un !

Et ç'en est un gros, parce que la canne plie quasiment à rompre. Candide va prêter main-forte au vieux pêcheur. On ne sait jamais : il pourrait être emporté par-dessus bord par le monstre.

Le fil fend la surface de l'eau, court à droite, à gauche, revient, repart en sifflant dans le moulinet.

– C'est pas assez serré, dit Trefflé.

Il resserre le frein au bout du moulinet. Le fil cesse de siffler. Et le poisson cesse de tenter de fuir de tous les côtés.

– C'est un gros, en tout cas, fait Candide pleine d'admiration.

– Je sais pas.

Quelques secondes plus tard Trefflé sort de l'eau un petit poisson vert rayé de noir. Un poisson qui, si on le mesurait en tendant le gallon au maximum, ferait une bonne quinzaine de centimètres.

– Super ! s'exclame Candide.

– On pourrait pêcher avec pour en prendre un plus gros, suggère Trefflé.

Ses compagnons ne sont pas d'accord. Martin, qui a baissé la glace de la Mercedes pour ne rien perdre de la bataille épique entre l'homme et le monstre marin, propose :

– On devrait faire des sushis.

Il aime bien le poisson cru, mais n'a aucune idée de la manière dont on doit l'apprêter.

– Paraît qu'on peut faire cuire n'importe quoi sur un moteur d'auto, propose à son tour Candide qui ne sait pas du tout comment on s'y prend, mais que la perspective de manger du poisson cru rebute.

Ça tombe bien, le moteur est déjà chaud et en train de tourner. Trefflé vide la perchaude avec un couteau à lame fine trouvé dans le petit coffre et lui coupe la tête.

– Je la garde pour pêcher avec.

Martin dégage le capot que Trefflé soulève et Candide met un doigt sur le moteur pour s'assurer qu'il est bien chaud. Elle y dépose le poisson étêté et éventré. Trefflé lâche le capot qui se ferme avec le bruit inimitable des capots de Mercedes, si on peut appeler ça un bruit.

– Combien ça va prendre de temps ? demande Candide.

Personne ne répond.

– Mettons une heure, dit Martin en mettant en marche le chrono de sa Rolex.

Dans la demi-heure qui suit, le capot est rouvert de nouveau deux fois et deux autres perchaudes attrapées avec des morceaux de tête de la première sont déposées sur le moteur. Une plus petite que la première et l'autre qui dépasse celle-là d'un bon centimètre.

Ce n'est pas mauvais du tout. Même sans citron, sans sel, sans poivre, sans rien.

Ils mangent avec leurs doigts. Trefflé a eu droit au plus gros poisson. Candide a insisté parce que c'est lui qui l'a attrapé, et les deux autres ont été tirés à pile ou face. Martin a gagné, mais il a galamment abandonné son poisson à Candide. La différence de grosseur est infime. Et puis, il se sent l'estomac instable. L'alcool de la veille, ou l'eau avalée tout à l'heure.

Ils auraient été capables de manger dix fois plus, mais ils sont néanmoins rassurés. Ils ne mourront pas de faim, même si les secours tardent. Ils sont bien au chaud dans la voiture. Ils ont de quoi se nourrir et toutes les raisons de croire qu'ils en auront encore.

Martin retrouve son impression de bonheur. Il éteint le moteur de la Mercedes parce que l'aiguille de l'indicateur de niveau d'essence vient de passer sous la marque du quart.

Son impression de bonheur s'évanouit avant même que l'intérieur de la voiture se soit totalement refroidi.

Le bonheur ne serait-il rien d'autre qu'un moteur de Mercedes qui tourne ?

La nuit tombe. Ils sont revenus dans la voiture. Martin s'est habillé de ses vêtements à peu près sec. Pour la cinquième fois au moins, Candide lui offre de l'eau de sa bouteille qu'elle va remplir d'eau du fleuve chaque fois qu'elle est vide. Il refuse. Son estomac ne semble pas prêt à avaler ça, même si l'eau est étonnamment limpide alors que tout le monde dit qu'elle est polluée.

Trefflé a relevé sa ligne dormante. Il n'a rien pris depuis les trois premières perchaudes. Il a ressayé un bon moment avec la cuiller rouge et blanche mais ça n'a pas plus mordu. Alors aussi bien attacher le fil à la rambarde, avec un morceau de tête de perchaude au bout de l'hameçon. C'est moins fatigant. En tout cas, ça ne le force plus à perdre son temps à pêcher.

– Faudrait, songe Candide à haute voix, allumer des lumières si des bateaux passent par ici.

– Il ne feront pas attention à nous, grogne Martin.

– Mais ils vont nous rentrer dedans s'ils peuvent pas nous voir.

– Ils passent tous loin par là.

– Ça veut rien dire. Ils pourraient se perdre.

– Ils ont des pilotes professionnels, qui ne naviguent que sur le Saint-Laurent. Ils ne peuvent pas s'égarer. Et puis, ce n'est pas assez profond, ici.

– Justement, si vous êtes si connaissants, comment ça se fait qu'on s'est échoués là ?

La querelle semble sur le point d'éclater. Trefflé, qui n'aime pas les querelles même quand ce sont celles des autres, préférerait ne pas s'en mêler, mais c'est difficile quand on est assis juste derrière les querelleurs. Il dit alors, sans trop savoir à quoi il pense :

– Savez-vous à quoi que j'ai pensé ?

Personne ne répond à sa question. Trefflé a l'habitude. Il est rare que des gens répondent quand il pose une question. C'est peut-être ce qui explique que lui-même n'ait guère tendance à répondre aux questions des autres. Il répond par contre sans se faire prier à celles qu'il a posées lui-même.

– Faudrait partir le moteur de l'auto, enlever la batterie puis aller la mettre à la place de la batterie du traversier. Comme ça, on pourrait se chauffer puis quand même allumer une lumière.

C'est une idée un peu tordue, parce qu'ils ne peuvent pas laisser le moteur tourner trop longtemps sans risquer la panne sèche. Mais ce n'est pas bien grave puisqu'ils n'ont nulle part où aller. Et Candide, qui aime les idées tordues et qui n'a pas vraiment envie de se quereller, ni avec Martin ni avec Trefflé, s'exclame :

– C'est une hyper bonne idée !

– Vous êtes sûrs qu'une auto ça peut continuer à marcher si on enlève la batterie ? demande le propriétaire de la Mercedes.

– Y a rien qu'à essayer, propose Candide.

Elle sort avec Trefflé. Ils ouvrent le capot. Martin remet en marche. Il ne voit pas du tout ce qu'ils font, à cause du capot relevé. Quelques instants plus tard, Trefflé rabat le capot et brandit la batterie à bout de bras pour que Martin constate que sa voiture peut très bien fonctionner sans elle.

Candide ouvre quelques-unes des petits portes le long de la cabine et trouve celle derrière laquelle se cache la batterie. Quelques instants plus tard ils triomphent totalement du scepticisme de l'agent immobilier : Trefflé pousse un interrupteur dans la cabine et la lumière s'allume au coin du traversier. Candide bat des mains. Mais ses mains glacées lui rappellent qu'il vaut mieux se réfugier dans la voiture, où le chauffage est au maximum.

Elle veut retourner dans le coffre. Martin rappelle que c'est dangereux d'y entrer et d'en sortir dans l'obscurité. Et de toute façon le coffre n'est probablement pas chauffé, même si c'est un coffre de Mercedes. Candide accepte de dormir sur la banquette arrière. Les hommes s'installent devant, sur les sièges inclinables.

Et bientôt tout le monde s'endort. Le bonheur est revenu. Mieux encore : il ronfle en stéréo, à l'avant de la Mercedes.

Candide se réveille. Il fait froid. Pas étonnant : le moteur ne tourne plus. Elle ne s'inquiète pas, admire pendant quelques instants la nuit étoilée et les lumières qui scintillent sur les rives, et aussi celles d'un bateau magnifique qui est peut-être tout rouillé mais qui semble magnifique parce qu'on ne voit que ses feux et qui passe au loin sans faire de bruit. C'est comme un sapin de Noël à la dérive.

La lumière au coin du traversier a faibli. Si ça continue, la batterie va être à plat.

Candide s'en fiche pendant un bon moment. Mais cette batterie qui se draine l'empêche de dormir. Elle se résout à sortir, essaie tous les boutons dans la cabine du traversier sans réussir à éteindre la lumière. Elle a tout à coup une idée géniale : elle monte sur la rambarde, tourne l'ampoule jusqu'à ce qu'elle s'éteigne. Elle va reprendre sa place sur la banquette de la Mercedes, s'efforce de dormir et n'y parvient que lorsqu'elle entend les ronflements de Martin se joindre encore à ceux de Trefflé.

Un port

Donald Latraverse n'est jamais allé à Trois-Rivières. Mais il sait qu'il s'en approche parce que le pont qu'il voit au loin ne peut être que celui-là, le seul à franchir le Saint-Laurent entre Sorel et Québec, tout le monde sait ça. Cette silhouette gracile, ce chapelet de lumières dans le ciel, ça ne peut être rien d'autre.

La nuit est tombée depuis une bonne demi-heure, et il a fini de parcourir le lac Saint-Pierre sur toute sa longueur, à toute vitesse. Trop vite, peut-être. Il a gardé le milieu du chenal, qui longe la rive nord. Il lui semble que l'*Amélie* aurait dû dériver là où le courant est le plus fort. Et si elle avait été là, il l'aurait vue. Mais il n'est pas absolument sûr qu'elle n'aurait pas pu échapper à sa vue si elle s'est laissée entraîner du côté de la rive droite.

Il peut rebrousser chemin et remonter en longeant celle-ci. S'il y a toujours des passagers sur l'*Amélie,* ils vont allumer les lumières et il reconnaîtra de loin ces feux à deux des coins du bateau. Surtout si la lumière de la cabine est allumée, elle aussi, au milieu. Il est vrai que, comble de malchance, le réservoir de diesel est presque vide, puisque le camion-citerne ne vient à Saint-Ours que le jeudi. En plus, la batterie garde mal sa charge depuis quelques jours. Donald hésitait à en commander une neuve, parce que la saison s'achève.

De toute façon, il n'est pas impossible que l'*Amélie* soit déjà rendue plus loin encore en direction de Québec. Donald sait que le Richelieu coule en général à quatre ou cinq kilomètres à l'heure. Un peu plus vite lors des crues du printemps. Un peu moins au mois d'août. Mais il n'a aucune idée de la rapidité du courant dans le Saint-Laurent. Les grands fleuves coulent-ils plus vite que les rivières? Ou est-ce le contraire?

Et combien de kilomètres y a-t-il entre Sorel et Trois-Rivières? Les chiffres se bousculent dans sa tête. Il abandonne ses calculs. Il renonce aussi à remonter le fleuve. Du moins dans la nuit. Surtout qu'il risque de manquer d'essence. Et il a faim, en plus.

Il passe sous le pont, un pont si haut qu'il doit presque se casser le cou pour le regarder, se dirige vers sa gauche, du côté de Trois-Rivières, cherche un port de plaisance semblable à celui de Sorel. Il n'y en a pas. Il trouve plutôt un port, un vrai, avec deux grands navires bâtis pour l'océan. Il va plus loin, à la recherche d'un endroit où accoster, jusqu'au moment où il aperçoit enfin une ouverture dans les quais qui forment un mur de béton continu. C'est une rampe. Au-dessus, sur le quai, il y a un kiosque où c'est écrit «Billetterie *M / V Le Draveur M/S Jacques-Cartier*». Il connaît le *Jacques-Cartier,* un grand bateau blanc, noir et jaune qui chaque été navigue quelques fois dans le Richelieu. Ça doit être une rampe d'accès pour les bateaux de passagers. Ils sont sûrement remisés pour l'hiver. Il n'y a aucun risque à laisser la motomarine en cet endroit pour quelques minutes, le temps de trouver à manger.

Dans le petit coffre de la motomarine, il y a un câble de nylon jaune. Donald passe le milieu autour du garde-fou de la rampe, attache une extrémité à l'avant de la motomarine et l'autre à l'arrière.

Il gravit la rampe. En haut, on dirait un parc tout en ciment et en pierres artificielles. L'été, ça doit être plein de touristes. Tiens, un panneau historique, intitulé « Les traversiers ». Donald s'en approche, le lit lentement à la lueur des lampadaires. Malheureusement, ça ne parle que des traversiers de Trois-Rivières. Il y a une photo du *Radisson* vers 1960. Un traversier à deux ponts : celui du haut pour les passagers, celui du bas pour les voitures. De la place pour une trentaine d'autos, estime Donald.

Il meurt de faim. Il s'avance dans une rue perpendiculaire au fleuve, bordée de grands bâtiments en brique. Ça se voit qu'ils sont neufs, mais ça se voit aussi qu'ils sont de style ancien.

Il y a quelques restaurants. Mais avec trop de monde. Ça l'intimide. Il continue, prend une rue transversale, aperçoit un restaurant qui s'annonce aussi comme bar. Il n'y a presque personne à l'intérieur. Il pousse la porte. Quatre clients. Des hommes qui ont des têtes d'étrangers. Les deux qui ne lui tournent pas le dos le regardent sans faire attention, comme si tous les jours dans les pays qu'ils visitent ils voyaient des gens habillés de vêtement trop grands et de pansements humides.

Donald fait trois pas, s'arrête tout à coup : quelqu'un le retient par derrière. Affolé, il se retourne. Il n'y a personne. C'est un de ses pansements qui traîne dans son dos et qui s'est coincé dans la porte qui se refermait.

Les hommes à tête d'étrangers se sont tous les quatre tournés vers lui et rigolent doucement, puis reprennent leur conversation.

Donald retourne à la porte, l'ouvre, tire sur son pansement, veut le remettre en place autour de son épaule, mais pour cela il faudrait qu'il enlève sa veste. Il essaie de déchirer la gaze, mais ça n'est pas si facile. Alors il défait le pansement (il lui en reste encore bien assez), le roule en boule, cherche où le jeter.

Une femme, derrière le comptoir, tend la main. Il lui donne la boule de gaze qu'elle laisse tomber quelque part à côté d'elle. Il s'assoit sur un tabouret.

– Vous avez de quoi à manger?

C'est miraculeux: il parle. Il est guéri!

– J'ai des chips puis des pinottes.

Il fait oui de la tête, pour éviter d'abuser de la parole retrouvée. La femme lui apporte un sac de croustilles au vinaigre. Ça tombe bien, ce sont ses préférées. Et un bol plein d'arachides jaunes.

– Une bière? demande-t-elle parce que jamais personne ne commande du salé sans prendre une bière.

Donald hoche la tête.

– Quelle sorte?

– Je sais pas.

Elle lui donne une bière rousse parce que c'est sa bière préférée à elle. Elle aurait pu lui en donner une plus chère encore, mais on n'exploite pas indûment un type qui a la tête pleine de pansements et un costume trop grand pour lui, mouillé presque jusqu'à la ceinture comme s'il était allé faire un tour de motomarine dans les habits du dimanche de son père.

Donald remarque le regard posé sur sa manche gauche d'où dépasse encore un bout de pansement. Il tire dessus pour le déchirer, mais n'y arrive pas plus que pour l'autre.

– J'ai des ciseaux.

Elle ouvre un tiroir. Elle prend la main gauche de Donald, coupe le pansement, tire dessus en l'enroulant, jette la gaze rose de sang dans une poubelle sous le comptoir.

– Vous allez être bien mieux comme ça.

Elle a exagéré, et le sait. Oui, il vaut mieux que ce garçon ne traîne pas derrière lui des bouts de pansements longs comme la traîne de mariage de Lady Di. Pour le reste, il fait plus pitié qu'un vagabond. Il n'aurait pas besoin de tendre la main pour qu'on lui mette des sous dedans. Même que la serveuse oublie de se faire payer. Non : elle y pense mais n'a pas envie de demander.

– Que c'est qui t'est arrivé ?

D'habitude, elle se fait un point d'honneur de ne pas tutoyer les clients, à l'exception de quelques habitués. « Si on veut pas se faire pincer les fesses, on tutoie pas le monde », dit-elle aux nouveaux venus qui la tutoient et lui demandent pourquoi elle ne fait pas pareil. Mais celui-là est si pitoyable qu'elle est incapable de le vouvoyer. On ne dit pas vous à un chien errant.

Donald ne sait quoi répondre. Raconter toute son histoire, depuis les coups de cisaille et même avant, depuis la première nuit qu'il a passée avec Amélie sur l'*Amélie* et qu'il a été incapable de lui dire qu'il appellerait désormais son bateau l'*Amélie* parce qu'elle s'appelle Amélie ? Il dit simplement :

– Je cherche un bateau.

– Il s'appelle comment ?

– L'*Amélie.*

C'est la première fois qu'il nomme son traversier à voix haute. Il est trop tard pour rattraper ces mots qui jusque-là lui appartenaient à lui tout seul et qui sont sortis de sa bouche sans qu'il fasse exprès.

– Mais c'est pas écrit dessus, se hâte-t-il d'ajouter.

La femme secoue la tête.

– Non, j'ai pas entendu parler d'une *Amélie* avec rien d'écrit dessus.

– C'est un traversier, avoue-t-il, parce qu'il sait parfaitement que, pour bien des gens, un traversier, ce n'est pas tout à fait un bateau.

– Ça fait longtemps qu'on en a plus à Trois-Rivières. Depuis qu'ils ont fait le pont.

Elle se lève pour aller porter une tournée double aux marins polonais ou ukrainiens ou autre chose, elle ne sait pas d'où ils viennent et elle s'en fiche. Donald se regarde dans le miroir, derrière le bar. Malgré les bouteilles qui morcellent son image, il constate qu'il a mauvaise mine, et qu'il a dans le fond bien de la chance que cette femme lui parle. Mais c'est son métier de parler aux clients, alors il n'y a rien d'étonnant là-dedans.

– Une autre ?

La serveuse est revenue à sa place derrière le bar. Donald répond :

– Des pinottes, aussi.

Il ne boit jamais plus d'une bière parce que ça lui donne mal à la tête – toujours le lendemain et parfois aussi le jour même s'il les prend avant le souper. Mais ce soir ça n'a pas trop d'importance, parce qu'il a déjà mal à la tête. Un peu plus, un peu moins.

En tout, il en boit quatre. Lorsque la femme chasse les étrangers et ferme le bar, elle se sent obligée de l'amener avec elle parce que, elle a beau lui poser des questions, il ne répond plus que par « han-han ». Comme s'il avait perdu l'usage de la parole.

Ils marchent dans une rue parallèle au port et elle aperçoit tout à coup entre deux immeubles une embarcation plate, sans lumière, avec une voiture noire dessus, qui descend le fleuve.

– Ça serait pas lui, ton traversier ?

Donald se retourne. Trop lentement, à cause de la bière ou du mal de tête ou plutôt du mal de tête décuplé par la bière. Il n'y a pas de traversier, ni rien qui ressemble à ça.

– Hon-hon.

Il suit la femme dans un petit appartement presque pareil à celui qu'il a à Saint-Ours, sauf que celui-là est au-dessus d'une buanderie automatique. Il se laisse tomber sur le canapé comme il fait chez lui, les weekends d'été, quand le traversier fonctionne jusqu'à deux heures du matin et que les retardataires l'empêchent d'aller se coucher avant trois heures.

Un homme, grand, barbu, qui a un corps de bûcheron et la tête qui va avec, sort de la chambre, s'approche du canapé, examine le garçon.

– Où tu l'as trouvé ? Au cimetière ?

Des toilettes, elle répond :

– C'est un gars qui a perdu son traversier.

– Me semblait, aussi, dit l'homme. Mais t'aurais pu lui dire qu'on en a pas, chez nous.

Il rit, mais pas trop fort. Il se donne aussi la peine d'aller chercher une couverture grise dans un placard et d'en couvrir le garçon, avec douceur certes mais avec moins de soin que ne l'aurait fait une femme. Un homme a peur de l'opinion qu'il aurait de lui-même s'il manifestait une tendresse trop prononcée à l'égard d'un autre homme. Surtout s'il y a une femme qui risque de sortir de la salle de bains à ce moment-là et d'en être témoin.

Une ville, une île

– Réveillez-vous, les gars, réveillez-vous !

Comme les gars ne se réveillent pas, Candide Labelle sort de la voiture et fait exprès pour claquer la portière de toutes ses forces. Mais une portière de Mercedes, ça n'est pas fait exprès pour réveiller les gens. Tant pis pour eux s'ils manquent le spectacle.

Elle est déjà venue à Québec. Avec ses parents. Son père faisait la tournée d'inspection de ses franchises. Elle était sortie du coffre lorsque la voiture était montée sur le traversier qui joint Lévis à la vieille ville. Elle reconnaît donc où elle est. Mais elle n'a jamais vu Québec comme ça, en pleine nuit, d'aussi bas sur le fleuve.

Aussitôt, elle remarque qu'il n'y a personne. Même pas un taxi attardé dans la basse ville. Il doit être très tard. Trois, quatre heures du matin. Sinon cinq ou six, puisqu'en novembre le soleil commence à se lever à des heures de paresseux.

Les traversiers – quasiment gros comme de vrais bateaux, ceux-là – sont amarrés à leurs quais, tous feux éteints. Le château Frontenac a l'air de se prendre pour un vrai hôtel du Moyen-Âge, maintenant que ses fenêtres sont presque toutes sombres. La terrasse Dufferin est déserte. En tout cas il n'y a personne qui regarde en bas. Dans la basse ville, les lampadaires jettent autour d'eux une lumière orangée, adoucie par un brin de brouillard.

Et le traversier de Saint-Ours avance là-dedans plus vite que jamais, semble-t-il à Candide.

Elle ne se retourne pas lorsqu'elle entend la porte de la Mercedes s'ouvrir puis se fermer et quelqu'un venir s'accouder à la rambarde comme elle. C'est le vieux, sûrement, parce qu'il ne dit rien alors que l'autre est si bavard qu'il aurait déjà dit quelque chose, une platitude du genre « C'est beau, Québec, la nuit, quand on n'y arrête pas ».

Elle lève les yeux au ciel. Le firmament est clair. À cause des lumières de la ville, seules paraissent les étoiles les plus grosses. Dans peu de temps, elle sera dans son ouinébago au milieu d'un désert et les étoiles seront mille fois plus nombreuses qu'ici, mais qu'est-ce que ça change, les étoiles c'est bien assez quand on en voit quelques-unes. Elle aura une carte du ciel. Elle en a examiné une dans un magasin : on tourne une roulette et on voit le ciel tel qu'il est à l'heure et à l'endroit qu'on est, avec le nom des étoiles et des constellations. Elle ne l'a pas achetée, parce qu'ils n'avaient pas le modèle qu'il faut pour l'Arizona.

Elle pivote lentement vers la gauche. Déjà, le château Frontenac commence à s'éloigner.

– Où on est ?

Martin Guertin vient de se réveiller, lui aussi. Il a tourné la clé dans l'allumage pour voir l'heure au tableau de bord. Il s'est souvenu que la batterie est enlevée. Il est sorti de la voiture, et regarde comme les autres le spectacle de la ville endormie.

– Bordel, que c'est beau !

Cette exclamation-là n'est pas moins appropriée qu'une autre.

– Vous avez pas senti qu'on bougeait ? ajoute-t-il comme si ça pouvait n'être que la faute des autres.

Personne ne répond. Au milieu de la nuit (mais était-ce vraiment le milieu de la nuit ou les trois quarts ou le quart seulement ?), Candide a senti que le bateau était bercé par les vagues au lieu de lutter contre elles. Elle s'est redressée sur la banquette, a jeté un coup d'œil dehors, n'a vu que du noir avec de petites lumières qui tremblotaient au loin, n'a pas cru qu'on bougeait ni pensé qu'il avait suffi du sillage d'un navire plus gros que les autres pour remettre le traversier à flot. Elle s'est rendormie.

– Ça, c'est l'île d'Orléans, dit encore Martin.

Ni la fille ni le vieux ne se sont retournés. Ils ne peuvent pas détacher leurs yeux de la ville endormie qui s'éloigne tout doucement à leur gauche.

– Peut-être qu'on pourrait essayer d'aller y accoster ? suggère l'agent immobilier. À l'île d'Orléans, je veux dire.

Trefflé daigne enfin se tourner de l'autre côté. Oui, il y a cette masse de terre au milieu du fleuve. Pas facile de s'y rendre avec un bateau qu'on ne peut pas diriger. Mais il doit y avoir des hauts-fonds. Ce qu'il faudrait, c'est quelque chose qui permettrait de s'échouer tout près du rivage.

– Ça prendrait quelque chose pour faire comme une ancre, dit-il. Le fond doit être plus haut, par là.

– Quelque chose comme quoi ?

– Je sais pas. Ça prendrait un câble, en tout cas.

Dans la cabine, Martin trouve à tâtons un bout de câble, mais rien à y attacher en guise d'ancre.

– Le bidon, suggère Trefflé.

– Le bidon ?

– Il va se remplir d'eau, il va caler dans le fond, puis il va peut-être s'accrocher.

Martin s'empare du bidon, s'assure qu'il n'y a plus d'essence en vidant par-dessus bord le peu qu'il y restait. Il fait un nœud après l'anse, un autre à l'autre bout pour fixer le cordage à la rambarde, et jette le bidon par-dessus bord. Il est fier d'avoir réussi tout seul quelque chose de pratique. Même si ça ne servira sûrement à rien.

– Ça ne change rien, constate-t-il d'ailleurs après un moment.

Cinq minutes plus tard, c'est moins sûr. Pour la première fois, le traversier, au lieu de suivre le courant docilement et parallèlement, pointe un peu vers la gauche. Même que – les passagers le jureraient presque – il s'immobilise tout à fait. Oui, après un moment c'est évident : il ne bouge plus du tout. C'est gagné ! Ils n'ont plus qu'à attendre là, tout près d'un chenal très fréquenté, qu'un capitaine ou quelqu'un sur le rivage se demande pourquoi un traversier fait du surplace en un endroit pareil.

– Ils font mieux de ne pas prendre deux jours, ronchonne Martin.

Horreur ! Ils se mettent à parler de politique. Il est vrai que c'est inévitable, puisqu'il y a élection lundi. Jusqu'ici personne n'y a songé, la campagne électorale perdant tout son intérêt pour des gens qui ne savent même pas s'ils seront rescapés à temps pour se rendre à leurs bureaux de scrutin respectifs.

Tout commence au lever du jour. Martin, comme les autres, regarde tour à tour en direction de l'île d'Orléans, puis vers Québec. Ils sont plus près de l'île que de la ville. Un clocher perce une brume légère et s'éveille dans les rayons du soleil. L'île est encore verte malgré l'automne et les feuilles tombées. De loin en loin, on entrevoit des murs de pierre surmontés de toits de couleur vive.

De l'autre côté, Québec émerge aussi du brouillard. Vue de cet angle-là, ce jour-là, à cette heure-là, la ville ne donne pas du tout une image de vieille capitale. On dirait plutôt une ville toute neuve, avec quelques gratte-ciel qui se dressent dans le ciel et une infinité de surfaces vitrées qui réfléchissent les rayons du soleil.

Le spectacle est, d'un côté comme de l'autre, saisissant de beauté et nos trois voyageurs – si on peut les appeler des voyageurs maintenant que leur voyage paraît terminé – y sont sensibles, pas tous de la même manière, mais ils sont vaguement conscients que ce paysage double justifierait à lui seul leur périple s'ils n'y avaient pas été entraînés malgré eux.

Même que Martin cherche quelque remarque brillante. Ou profonde. Il lui semble que c'est à lui de prononcer une sentence riche de sagesse ou de savoir. Il n'est pas très inspiré, mais ça ne l'empêche pas de murmurer :

– On dirait une métaphore du Québec actuel.

Il attend que quelqu'un lui demande de préciser sa pensée. Ni Candide ni Trefflé ne le font, comme s'ils l'avaient saisie immédiatement. Convaincu que c'est impossible, Martin se sent obligé de donner la clé de l'énigme :

– D'un côté, on a le Québec d'hier, et de l'autre le Québec d'aujourd'hui, mais personne n'est capable de voir les deux en même temps.

Trefflé hoche la tête sans grande conviction, comme s'il acquiesçait à une vérité dont il se fiche éperdument. Par contre, Candide fronce un sourcil, réfléchit quelques instants à la recherche du sens véritable de la phrase de Martin.

– Je pense pas que c'est ça.

C'est au tour de Martin de froncer le sourcil, en attendant que Candide explique :

– Y a trop de monde qui voit le monde comme si on avait à choisir entre le blanc puis le noir, entre oui et non, entre le passé puis le futur. C'est plus compliqué que ça, le monde.

Martin est souverainiste depuis toujours. Il n'a jamais milité, n'a jamais manifesté, a souvent tardé à renouveler sa carte de membre des partis souverainistes, mais il a toujours voté pour eux. Il lui est arrivé d'avoir des discussions politiques enflammées – mais uniquement avec des camarades de travail qui avaient la même opinion que lui. De cette manière, il avait l'occasion d'exprimer ses convictions sans vexer personne ni se trouver coincé dans une discussion qui l'aurait forcé à dire des choses qu'il n'avait jamais dites, à réfléchir à des choses auxquelles il n'avait jamais eu envie de penser.

Ce matin, il est très embarrassé. Pour les avoir fréquentés, il sait que les jeunes sont plutôt souverainistes que fédéralistes. Mais qu'ils ont aussi envers l'idéal indépendantiste une certaine impatience. Ils ont tout simplement hâte de tourner la page et de parler d'autre chose.

Que faire ? Relancer la discussion sans trop savoir où elle le mènera ? Ou changer de sujet comme d'habitude lorsqu'il risque de ne pas avoir le meilleur dans une discussion ?

Il jette un coup d'œil à Trefflé. À son âge, celui-là a statistiquement au moins deux chances sur trois d'être fédéraliste.

– Tiens, un héron, annonce alors Martin en levant la main vers un oiseau d'assez grande taille qui passe loin devant eux.

Ce n'est pas un héron, mais un goéland, note Trefflé qui n'en dit rien. Il trouve que les discussions ornithologiques ne sont pas plus intéressantes que les politiques. Elles ne passionnent que la personne qui croit s'y connaître plus que l'autre, et ennuient l'autre qui n'y connaît rien.

– On bouge ! s'exclame alors Candide qui n'a pourtant aucune envie de changer de sujet quoiqu'elle ne tienne pas non plus à garder celui-là.

– Pas du tout, proteste Martin juste pour la contrarier parce qu'il en a été incapable sur des sujets autrement plus importants.

Mais il doit bientôt reconnaître son erreur : le bateau bouge. Même que Trefflé a entrepris de rentrer le câble auquel est attaché le bidon d'essence rempli d'eau. Il le fait sans effort pour la simple raison qu'il n'y a plus rien au bout.

– Qui c'est qui a fait le nœud ? demande Candide qui sait que ce n'est pas elle.

– La corde a dû casser, répond Martin qui sait que c'est lui.

Que ce soit un nœud mal fait ou une corde fragile qui ait libéré leur ancre, ils dérivent. Tout droit vers l'île d'Orléans. Ce serait bien s'ils pouvaient s'y échouer.

Effectivement, la pointe de l'île s'approche. Quelque chose – un rocher, sans doute – gratte le fond du bateau.

– On va s'échouer, se réjouit Martin d'autant plus joyeusement que c'est grâce à lui que l'ancre n'a pas tenu.

Il a raison. Le bateau s'immobilise encore. La coque grince contre les rochers. Et le traversier ne dérive plus.

– On est sauvés, ajoute Martin pour s'en convaincre.

En effet, il est impossible que personne ne les voie de la rive toute proche, à pas plus de deux cents mètres. Il y a une route sur laquelle des voitures vont circuler bientôt. Et on aperçoit aussi derrière une maison un quai auquel est attachée une petite embarcation qui sera bientôt rangée pour l'hiver mais que rien n'empêche, en attendant, de venir à leur secours.

Justement, voilà une auto qui arrive, de la droite. Les trois passagers du traversier sautent sur place, font de grands appels avec les bras. La voiture passe tout droit sans ralentir.

– Le salaud, marmonne Martin.

– Il va en passer d'autres, décrète Candide.

Son optimisme est fondé, parce qu'en voici justement une autre, une bonne heure plus tard. C'est une grosse voiture noire, suivie d'une grise chargée de couronnes de fleurs. Un cortège funéraire.

Re-sauts, re-gestes. Les grosses voitures passent sans ralentir ni faire attention aux naufragés. Par contre, plus loin dans le cortège, on voit baisser la vitre du conducteur d'au moins deux voitures. Et des mains se lèvent, répondent aux signes de détresse par des gestes d'amitié. Personne n'arrête.

Le cortège disparaît. Les naufragés cessent de sautiller. Il ne passe pas d'autre voiture pendant une bonne dizaine de minutes. Tout à coup, Candide annonce encore :

– On bouge.

Oui, le bateau se remet à flotter dans le clapotis des vagues. Martin se demande si quelqu'un ne devrait pas se jeter à l'eau et marcher jusqu'au rivage. L'eau est glacée, mais cela devrait pouvoir se faire. Il va le suggérer – en fait, suggérer à Candide d'y aller. Elle est la plus jeune, après tout. Même qu'elle commençait à y songer, elle aussi. Mais le bateau s'est mis à bouger juste avant qu'elle s'y résolve. Elle remarque :

– On va du bon côté.

Dégagé par la marée, le bateau s'en va non pas vers la partie du fleuve la plus large, à droite, du côté sud, mais vers le nord. Au loin, on aperçoit le filet blanc de la chute Montmorency.

Le traversier passe sous l'étroit pont suspendu sans même frôler un de ses piliers et poursuit son chemin entre l'autoroute sur la rive nord et le chemin de campagne dans l'île.

Martin ressaie son téléphone cellulaire toujours à plat. Ça n'est pas bien grave, puisqu'ils ne peuvent pas faire autrement que s'échouer bientôt.

Un clown

Donald Latraverse ouvre l'œil. Il ne sait pas où il est, mais son mal de tête ne l'empêche pas de se souvenir de ce qu'il doit faire tout de suite et aurait dû faire pendant la nuit au lieu de boire comme un ivrogne : retrouver l'*Amélie*. Il se lève. Il n'y a dans la pièce aucune autre lumière que celle d'un lampadaire qui filtre à travers le store vénitien d'une fenêtre.

C'est assez pour trouver la porte. Sauf que c'est la porte des toilettes. Il en profite pour faire pipi.

Une autre porte s'ouvre sur une chambre à coucher où deux corps sont étendus. Il ne la referme pas, de crainte de les réveiller.

La troisième porte, enfin, donne sur un escalier. Et il a de la chance, parce que c'est celui qui descend à la rue.

Par contre, il ne sait pas de quel côté est le fleuve. Mais il a de la chance encore, parce que l'appartement de la barmaid donne sur une rue qui a une fenêtre sur le Saint-Laurent entre deux immeubles.

Il se dirige vers le port. Il a laissé la motomarine de Fred Vigneault dans la rampe du *Jacques-Cartier*. Il aperçoit le kiosque de la billetterie. Il court sur le quai. Aucun bateau n'est là en ce moment. Mais on ne sait jamais : le *Jacques-Cartier* aurait pu accoster et repartir après avoir écrasé la motomarine. Ou quelqu'un l'aurait fait remorquer quelque part.

Soulagement. La motomarine est là, attachée où il l'a laissée. Il descend la rampe, détache l'embarcation, l'enfourche et la fait démarrer. Mais il hésite avant de tourner la poignée de l'accélérateur. Devrait-il remonter en direction de Sorel ? Hier, il aurait pu dépasser l'*Amélie* sans s'en rendre compte. D'autre part, si elle est rendue en aval de Trois-Rivières, parce qu'elle dérivait pendant qu'il dormait, il ne la rattrapera jamais en partant dans la mauvaise direction.

Va pour Québec. De toute façon, il se sent bien mieux ce matin. Son mal de tête a vite disparu. Il descendra jusqu'à la capitale. S'il n'a pas rattrapé l'*Amélie* d'ici là, il fera demi-tour et viendra examiner les rives du lac Saint-Pierre de plus près et en plein jour. Et s'il ne la trouve toujours pas ? Il frissonne. Il fera ce qu'il aurait dû faire au lieu de se sauver de l'hôpital : il alertera la garde côtière. Cela lui vaudra sûrement d'être congédié. Après ses histoires avec Gilles Saint-Amour l'été dernier, son oncle lui a dit : « Encore une bêtise, puis c'est fini, t'as-tu compris, Donald ? » Il n'a pas eu besoin de préciser ce qui serait fini.

Bientôt, il fait assez clair et le fleuve s'est suffisamment rétréci pour qu'il soit facile d'apercevoir un traversier si traversier il y a. Il n'y a pas. Donald tourne l'accélérateur au maximum.

Il reconnaît Québec. Là non plus, il n'est jamais allé. Mais ça ne peut être que ça. Il a vu la ville à la télévision. Il vient de passer sous deux ponts, un neuf et un vieux, mais bien plus grands et bien plus hauts que ceux de Sorel et même que celui de Trois-Rivières. D'autant plus que voilà des traversiers. S'ils ne se promenaient pas d'une rive à l'autre, il les prendrait pour des bateaux de croisière, tellement ils sont gros.

Sur le pont du traversier, des touristes prennent sa photo. Ils s'imaginent peut-être que c'est un clown engagé pour divertir les passagers du traversier. C'est très réussi, ce déguisement de momie du XIXe siècle. Les gens de Québec, eux, ne font pas attention à lui. Qu'un imbécile fasse le clown en motomarine, ça ne les intéresse pas. Même qu'ils en ont un peu assez des pitreries auxquelles leur ville se livre pour attirer les touristes et les garder.

Donald hésite. Il a relâché la manette de gaz depuis un bon moment déjà. Il s'était promis de faire demi-tour à Québec s'il ne trouvait pas son *Amélie.* Mais son petit doigt lui dit qu'elle est descendue plus loin encore. Si ce gros traversier ne faisait pas tant de bruit, il demanderait aux gens sur le pont s'ils n'auraient pas vu par hasard passer un petit traversier de rien du tout avec une voiture noire dessus.

Il accélère, continue droit devant.

Bientôt, à sa gauche, une grande île. Il ne sait pas que c'est l'île d'Orléans. Il ne lui vient pas un instant à l'esprit que l'*Amélie* puisse être de l'autre côté plutôt que dans le chenal, parce que, s'il était lui-même un traversier, c'est dans le chenal qu'il naviguerait.

Au bout de cette île quasiment interminable, le fleuve recommence à s'élargir. Les vagues se font plus fortes, aussi. Et Donald découvre pourquoi les gens trouvent si amusant de conduire une motomarine : on se fait ballotter dans tous les sens. Le moteur grogne lorsque le jet sort de l'eau, reprend par à-coups lorsqu'il y replonge.

Un peu plus, et Donald reconnaîtrait qu'il est presque aussi intéressant de conduire une motomarine que de piloter un traversier.

Par contre, une image s'impose à lui. Il voit son traversier qui affronte les vagues immenses d'une tempête dans l'océan. Là, son *Amélie* n'a plus l'air si solide, si stable, si parfaitement faite pour affronter les flots. Son traversier va prendre l'eau, se casser en deux, se renverser ou tout ça à la fois.

Et ça suffit pour lui enlever son plaisir de se balader en motomarine.

Une baignade, puis une baleine

C'est démoralisant, à la fin. Ils ont contourné l'île d'Orléans et naviguent dans un fleuve de plus en plus large. Les heures passent et personne ne vient à leur secours. Maintenant qu'ils sont au milieu du Saint-Laurent et que les villages sont tout petits au loin, c'est compréhensible. Mais avant ? Des berges de l'île d'Orléans ou de celles de la côte, il était parfaitement possible de voir que ce traversier-là n'avait pas d'affaire là, et que les gens qui agitaient les bras en sautillant sur son pont n'avaient aucune envie d'y rester plus longtemps.

Mais personne ne les a vus, ou n'a fait attention à eux, ou n'a pensé que ces gestes s'adressaient à eux ou étaient autre chose que des salutations amicales, ou n'a songé que personne d'autre ne téléphonerait aux autorités s'ils ne le faisaient pas eux-mêmes.

Martin Guertin est franchement morose. Trefflé Yelle est impassible comme toujours. Candide Labelle réussit à garder le sourire, à parler parfois de tout et de rien même si elle n'obtient comme réponses de ses compagnons que des grognements, des soupirs ou des silences. Le soleil est haut maintenant et les nuages ont disparu. Il fait quasiment chaud.

– Ça fait combien de temps que vous avez pas pris votre douche?

Ses deux compagnons la regardent avec étonnement. Pourquoi ce souci d'hygiène devrait-il les préoccuper en ce moment? Ils ne sentent pas leurs propres odeurs, ils ne se sentent pas l'un l'autre, ils ne la sentent pas, elle. Tout va très bien comme ça.

– Ou un bain?

Martin bredouille:

– Deux jours.

Trefflé réfléchit. Il compte sur ses doigts. Il passe à la deuxième main tandis que Candide annonce:

– Moi, je vas me baigner.

Et elle entreprend de se déshabiller.

– C'est trop froid, proteste Martin qui était pourtant prêt quelques heures plus tôt à lui demander de se jeter dans une eau qui n'était pas plus chaude.

Un instant plus tard, il n'a plus envie de rouspéter. Les fesses appuyées contre le capot de la Mercedes, Candide enlève son pantalon, dévoile de longues jambes fines, plus longues et plus fines que toutes les jambes qu'il a vues depuis sa naissance, même au cinéma de son cinéma maison.

À la jonction de la petite culotte, des poils noirs surgissent. Martin avale sa salive. Trefflé détourne les yeux une seconde, puis les ramène au même endroit.

Candide se débarrasse de son manteau, puis de son pull-over jaune. Pas de chance, pensent les deux hommes: elle a un soutien-gorge. Mais elle l'enlève lui aussi, révèle deux seins petits, tout ronds, avec des tétins roses comme un coucher de soleil sur le lac Saint-Pierre. Ils doivent faire un effort pour remarquer les trois anneaux d'or qui ornent son nombril.

– Vous venez pas ?

– Vous allez vous noyer.

– Y a trop de courant.

Candide hausse les épaules, secoue ses cheveux rouges, court trois pas, plonge tête première.

Stupéfaits, les hommes ont du mal à s'arracher à la vision précédente. Trefflé s'empare de la gaffe.

Où est-elle passée ? se demandent-ils après un long moment à scruter la surface de l'eau.

Elle est noyée, concluent-ils tous les deux, toujours en silence, après un autre moment plus long encore.

– Candide ! crie Martin.

– Mademoiselle Labelle ! crie encore Trefflé.

– Candide Labelle ! hurlent-ils en chœur.

Elle est noyée, c'est évident.

– Merde de merde de merde, se lamente Martin tandis que Trefflé se tait.

L'agent immobilier regarde sa Rolex, laisse passer une minute entière pour être bien sûr que le temps ne file pas plus vite qu'il ne paraît.

– C'est quoi, ça ? Écoutez.

Trefflé tend l'oreille. Oui, on dirait bien qu'il y a eu un cognement sous le pont du traversier. Le fond ? Impossible. Ils sont au beau milieu du fleuve. Trefflé s'avance, s'étend de tout son long au bout du panneau, essaie de voir en-dessous.

– C'est hyper froid.

C'est la voix de Candide. Les deux hommes se retournent. Elle se tient par les mains à l'autre bout du traversier. Martin se précipite, lui saisit les poignets, l'aide à monter à bord. Elle s'ébroue comme un petit chien et ses seins tremblent à peine.

– Vous êtes folle !

– Vous trouvez, vous aussi ?

Sa peau est presque aussi rouge que sa chevelure. Trefflé lui jette sur les épaules le manteau de fourrure bleu. Martin la pousse dans la voiture, s'avance au-dessus d'elle, étire la main vers la clé pour mettre le moteur en marche. Dans le réservoir, il n'y a pas plus d'essence qu'avant. Et pas plus de batterie sous le capot.

Candide se glisse par-dessus la console et prend place sur le siège du conducteur. Martin s'assoit à côté d'elle.

D'un œil en coin, il la regarde souffler dans ses mains. Son manteau est entrouvert, dévoile un de ses petits seins ronds et pointus. Pourquoi diable met-elle un soutien-gorge ? se demande-t-il avant de se dire qu'il est un vieux cochon. Trefflé a pris place à l'arrière et ne peut rien voir. Tant pis pour lui. À moins que, par le rétroviseur... ? Oui, ça se pourrait, parce qu'il a la tête d'un type qui voit un sein dans un rétroviseur.

– En tout cas, ça m'a l'air solide en dessous, presque pas rouillé, annonce Candide sur le ton d'un ingénieur revenant d'une inspection.

– Y a pas de trou ? s'inquiète Trefflé.

– J'en ai pas vu.

Martin ouvre la bouche pour morigéner Trefflé qui lui a fait déplacer la Mercedes pour rien, d'autant plus que, avec la portière gauche bloquée, c'est emmerdant de tout le temps devoir passer par-dessus le levier de vitesses pour mettre le moteur en marche. C'est vrai qu'il n'y a plus d'essence dans le réservoir. Et Candide parle avant lui :

– Vous savez ce que je vas faire quand on va être revenus ?

Ils secouent la tête, n'osent pas dire qu'il est bien tôt pour commencer à faire des projets pour un retour à la terre ferme de plus en plus hypothétique.

– Je vas me marier avec un de vous deux.

La perspective d'épouser Candide Labelle est pour les deux hommes le plus enviable des sorts, suffisant en tout cas pour leur redonner le goût de rentrer à bon port. Martin se convainc aussitôt que ce ne saurait être que lui. Lise ? Il n'a qu'à divorcer. Elle l'a bien fait une fois, elle. Pour Trefflé aussi, il est évident que ce ne pourra être que Martin. Tant pis.

Candide s'explique :

– Si je meurs, tout mon argent va aller au gouvernement. Aussi bien le donner à un de vous deux. Si on est marié, ça va être plus facile. Vous partagerez comme vous voudrez, après.

Trefflé qui n'est pas conscient que la jeune fille est très riche n'a aucune réaction. Martin qui le sait se contente de penser « Il pourra toujours courir, le Trefflé ».

– Même que je vois pas ce qui nous empêche, dit encore Candide, de se marier en mer, là. Comme ça, si je mourais tout de suite, c'est un de vous deux qui hériterait.

Elle regarde les hommes tour à tour, Martin directement et l'autre par le rétroviseur. Ils n'ont pas l'air de la croire.

– C'est vrai : dans un bateau, le capitaine a le droit de faire des mariages. J'ai vu ça dans un film. Pas *Titanic,* y a pas de mariage là-dedans. C'est quoi le mariage sur un bateau dans un film ? Vous pourriez pas m'aider ?

Les hommes ne l'aident pas.

– J'y pense, ajoute encore Candide, de vous deux, c'est qui, le capitaine ?

Les hommes ne répondent pas. Il ont pourtant tous les deux envie de crier : « C'est pas moi, c'est lui ! »

– C'est quoi, ça ?

Ils sont retournés s'appuyer à la rambarde pour voir le paysage passer, en se disant que s'ils aperçoivent une autre embarcation il faudra encore essayer d'attirer l'attention de son équipage même si ça ne sert à rien. On ne sait jamais. Candide pointe le doigt vers un bouillonnement à la surface de l'eau.

Les hommes regardent dans la même direction.

– Une baleine, hasarde Martin qui ne s'y connaît pas plus en mammifères marins qu'en oiseaux.

Cette fois, il a raison : une immense queue de ce qui ne peut être rien d'autre qu'une baleine ou quelque chose d'approchant perce l'eau, se soulève, reste une seconde ou deux dressée en l'air, avant de rentrer dans les flots sans laisser de sillage.

– J'ai vu une baleine, j'ai vu une baleine ! s'écrie Candide. Finalement, c'est un beau voyage, non ?

Les deux hommes secouent la tête en souriant. Oui, c'est un beau voyage, parce qu'ils n'ont pas seulement vu une baleine ; ils ont vu les seins de Candide Labelle.

Un sacré beau voyage.

Une ruche

Trefflé Yelle avait un jour demandé à sa mère pourquoi on lui avait donné ce nom de baptême. Il espérait qu'elle lui dirait que c'était à cause du trèfle, sa fleur préférée.

– C'est à cause des cent piastres de l'oncle à ton père.

Il dut insister longtemps avant qu'elle accepte de lui expliquer que l'autre Trefflé Yelle, devenu par la suite son oncle par alliance, avait un jour prêté cent dollars à Maurice Yelle, qui n'était pas encore son mari.

Les cent dollars n'avaient pas été rendus. Le jour du mariage d'Alma et de Maurice, l'oncle les avait réclamés publiquement. En vain, parce que Maurice n'avait même pas cinq dollars à lui. Alors l'oncle Trefflé avait déclaré :

– D'abord, tu vas l'appeler Trefflé.

Tout le monde avait compris qu'il parlait du premier fils de Maurice et d'Alma.

Maurice avait aussitôt murmuré à l'oreille de sa jeune épouse, enceinte de quatre mois, ce qui se voyait à peine même si ça se voyait encore trop :

– Ça fait mieux d'être une fille.

Ce n'en fut pas une. Et force fut de faire baptiser le bébé Trefflé.

Lorsqu'il apprit de sa mère qu'il devait son prénom à son grand-oncle, Trefflé Yelle ne songea pas à demander pourquoi celui-ci s'appelait ainsi.

C'était comme ça, tant pis. D'ailleurs, le monde débordait d'autres mystères et de questions sans réponses. Pourquoi je ne suis pas une fille? Pourquoi je suis moi et pas le fils du voisin? Pourquoi les vieux meurent-ils? Pourtant, toutes ces questions, il semblait être le seul à se les poser. Même au collège de L'Assomption, où on l'envoya en pension, personne ne se préoccupait des grandes questions de la vie. Pas plus qu'à Saint-Roch.

Trefflé ne fut pas premier de classe. Pas dernier, mais pas loin. Et n'eût été de l'oncle Trefflé qui payait le collège parce qu'un neveu qui portait son nom devait nécessairement lui faire honneur, Trefflé n'y serait pas resté longtemps même s'il en coûtait moins de quatre cents dollars par année pour y être logé, nourri, blanchi et vaguement instruit par-dessus le marché.

L'oncle Trefflé mourut d'une crise cardiaque au milieu de la versification de son neveu, juste au moment où celui-ci venait de se trouver un passe-temps passionnant: aligner des rimes. L'oncle avait payé pour l'année. Maurice Yelle tenta de retirer son fils du collège en réclamant qu'on lui rembourse les mois restants. L'économe refusa. Trefflé finit sa versification. Mais il ne fit pas ses belles-lettres. Maurice Yelle ne voyait pas l'utilité pour son fils de rester au collège. «Ton écriture est bien assez belle comme ça.»

Trefflé devint livreur d'épicerie à Saint-Roch. De caisses de bière, surtout. Il ne dépensait presque rien et eut à dix-huit ans assez d'argent pour se procurer une voiture. Vieille, mais qui marchait parfaitement.

Il avait espéré que cet achat lui permettrait d'attirer les filles. La voiture était trop vieille et trop laide. Lui aussi. Pas vraiment trop vieux dans le sens où on l'entend généralement, mais vieux dans la tête. Pas assez rieur, danseur, parleur ou simplement regardeur de filles pour plaire aux filles de son âge. En tout cas, il n'était pas beau. Pas vraiment laid, plutôt boutonneux (quand ça lui passa, ça ne changea pas grand-chose), le teint terreux, le nez un peu croche ou trop long, ou tout simplement le genre de nez que les filles ont décidé de ne pas aimer.

Il eut donc une jeunesse solitaire. D'autant plus solitaire que son père mourut dans un accident de voiture et que sa mère périt peu après dans l'incendie de la maison.

Avec les deux mille dollars obtenus de la vente du terrain familial, il acheta une vieille maison délabrée, à l'écart du village, au bord d'un ruisseau aux eaux brunes. Il avait trente et un ans. Avec la maison venaient aussi les ruches du vieil homme qui abandonnait le métier en même temps que sa demeure. Trefflé devint apiculteur. Il se spécialisa dans le miel de trèfle sans se demander pourquoi.

Un jour qu'il revenait de Tracy où il était allé vendre ses pots de « Miel à Trefflé » dans une boutique d'aliments naturels, il aperçut à l'entrée de l'autoroute une jeune femme qui tendait son pouce dans le vent.

Il la fit monter avec lui. Et pendant les vingt ans qui suivirent il eut beau se creuser le crâne, il ne se souvint jamais de ce qui s'était passé ensuite.

La fille fut retrouvée onze jours plus tard dans une cabane à sucre. Elle n'avait pas été violée. Seulement étranglée, si on peut dire « seulement » dans une histoire pareille.

Le lendemain, Trefflé Yelle eut droit à sa photo en première page du journal. On l'avait arrêté parce qu'il habitait la maison la plus proche de la cabane à sucre.

Comme il ne se souvenait de rien et qu'il était taciturne de nature, il lui fut facile de ne rien avouer. Les policiers lui tendirent plusieurs pièges. Comment ça se fait que les traces de pneus de ton auto correspondent aux traces qu'on a trouvées à côté de la cabane ? Comment tu expliques ça, que c'est une fille de Tracy et que tu es allé à Tracy le jour qu'elle est morte ?

À chaque question, Trefflé avait une réponse brève : « Je sais pas. Je suis rien qu'allé vendre du miel. »

De toute façon, ce n'étaient que des pièges. La pluie avait effacé les traces de pneus près de la cabane à sucre. Et on ne connaissait pas avec tant de certitude la date du décès. On fut bien obligé de le relâcher. Mais un lieutenant de la Sûreté du Québec lui dit à l'oreille avant de le laisser partir :

– Aie pas peur, on va finir par t'avoir. Les gars comme toi, on vous a toujours.

Les agents de police ont en effet beaucoup de moyens d'embêter un citoyen, honnête ou pas. À commencer par lui dresser des tas de contraventions pour des vétilles : un feu qui ne fonctionne pas, circuler à 52 dans une zone de 50, tourner à gauche en sortant d'une station-service.

Mais on ne l'eut pas. D'abord parce que Trefflé Yelle était un citoyen respectueux des lois. De toute façon, sa voiture rendit l'âme peu après sa sortie de cellule. Il la remplaça par un vélo. Et comme il circulait toujours à droite, respectait tous les panneaux d'arrêt de Saint-Roch et allongeait toujours le bras pour annoncer qu'il tournait, il était impossible à coincer. Le mercredi soir, il allait prendre une bière de l'autre côté de la rivière. C'était un soir tranquille. Et la serveuse du bar de Saint-Ours acceptait de le servir. À Saint-Roch, il pouvait agiter le bras pendant une heure sans que la serveuse ou le garçon remarquent sa présence. À Saint-Ours, où on connaissait aussi son histoire de fille étranglée, il n'était pas un «gars de la place». Les gens se mêlaient de leurs affaires et lui servaient de la bière comme à tout le monde.

Après une dizaine d'années, les agents qui le connaissaient avaient été remplacés par d'autres à qui ils avaient dit que Trefflé Yelle était un assassin en liberté. Mais les nouveaux agents ne se préoccupaient plus de cette vieille histoire parce qu'ils n'y avaient pas été mêlés. Et ceux qui partaient regrettaient de ne pas avoir réussi à empoisonner totalement la vie de ce maudit Trefflé.

Pourtant, ils y avaient parfaitement réussi.

Pendant toutes ces années, Trefflé ne vécut pas. La vue d'une voiture de police suffisait à raviver des petits bouts de souvenirs. Chaque fois, il se rappelait les genoux de la fille – elle portait une jupe remontée sur ses cuisses. Il se souvenait de sa main gauche aux doigts vernis de rouge qui secouait la cigarette dans le cendrier et qu'il frôlait de la sienne chaque fois qu'il touchait au levier de vitesses. Il croyait même se souvenir d'avoir fait exprès pour changer de vitesse alors que ce n'était pas nécessaire, uniquement pour effleurer cette main et ces doigts. Il se rappelait ses efforts désespérés pour garder les yeux sur la route devant lui, et aussi ce visage et cette poitrine dont il apercevait le profil du coin de l'œil. Il se rappelait aussi le oui prononcé par une voix rauque en réponse à une question qu'il devait avoir posée, mais dont il ne parvenait pas à se souvenir.

Après, plus rien. Pas un trou noir. Juste rien. Pas de son, pas d'image, pas d'odeur qui manque. Rien de rien entre le mot oui et le moment où il rentrait chez lui, mettait l'argent de la vente des pots de miel dans un sucrier sur le pont du poêle à bois. Qu'est-ce qu'il avait donc pu faire avec cette fille ?

Il était impossible qu'il lui ait fait quelque chose, puisqu'il ne se souvenait de rien. Et il était impossible qu'il ne lui ait rien fait, puisqu'il avait l'impression d'avoir oublié quelque chose.

Presque tous les mercredis soir, il retournait prendre quatre bières à Saint-Ours, là où on ne faisait pas attention à lui. Et il attendait de l'alcool que ça lui fasse tout oublier ou tout se rappeler. Mais ça ne changeait rien à rien, peut-être parce qu'il buvait trop peu ou trop lentement.

À moins que ça n'ait été – et c'est ce qu'il préférait penser lorsqu'il prenait le traversier pour rentrer à Saint-Roch – parce qu'il n'y avait rien à se rappeler et rien à oublier.

Un labrador qui passait par là

Tandis que Trefflé Yelle s'obstine à lancer sa cuiller dans les eaux noires, même si aucun poisson ne mord, Martin Guertin a sorti de la boîte à gants de la Mercedes une carte routière du Québec, sur laquelle il s'efforce de suivre la progression du traversier. C'était facile tant qu'ils longeaient l'île d'Orléans. Ensuite, il a identifié correctement Baie-Saint-Paul et l'île aux Coudres. Mais depuis bien avant la baleine ça s'est compliqué parce qu'ils sont trop loin des villes et des villages.

– Ça, c'est Trois-Pistoles, dit-il en face de Rivière-du-Loup.

– Et ça, qu'est-ce que c'est ? demande Candide Labelle.

Dans l'eau, droit devant eux, il y a quelque chose qui bouge. Quelque chose de plus noir que l'eau du fleuve.

– Un canard, estime Martin.

– Un chien ? suppose Trefflé sans vouloir le contredire.

Il a raison : c'est un chien. Trefflé l'attrape par la queue et l'embarque.

Le petit chien noir s'ébroue, arrose tout le monde, s'assied sur son derrière en tirant la langue et en agitant la queue.

– Il me reste encore une Nutribar, annonce alors Candide qui n'avait pas menti depuis un bon moment et commençait à trouver que c'était trop. Je la donne à celui qui va me dire pourquoi y avait un chien au milieu du fleuve.

Martin réfléchit un instant. Une Nutribar, c'est dégueulasse, mais ça peut remplir un estomac pour quelques heures.

– À mon avis, il est tombé du bateau d'un braconnier. Chasseur ou pêcheur, mais braconnier.

– Puis vous, qu'est-ce que vous en pensez, monsieur Trefflé ?

Trefflé n'a pas envie de répondre. Il ne sait pas ce que c'est, une Nutribar. Il dit quand même, parce qu'on l'interroge poliment :

– Moi, je dis qu'un braconnier se serait aperçu tout de suite que son chien est tombé à l'eau. Il a dû tomber d'un traversier.

– Et là, il est sur un autre traversier. Je donnerais la Nutribar à Trefflé, sauf que j'en ai pas.

Incrédule, Martin s'empare du sac à main de sa cliente. Pas l'ombre d'une Nutribar. Par contre, il y a un paquet de gomme à mâcher. Trois palettes. C'est facile à partager sans querelle. C'est de la gomme sans sucre, mais ça chasse la faim quand même. Et ça occupe les mâchoires quand elles n'ont rien d'autre à se mettre sous la dent.

– C'est un labrador, je pense, dit Trefflé en caressant la tête humide du petit chien.

– Comment on va l'appeler ? demande Candide.

– Qu'est-ce que ça peut faire ? bâille Martin.

– Je le sais : Trois-Pistoles, décide Candide.

Et c'est ainsi qu'un petit labrador est baptisé Trois-Pistoles parce qu'il a été rescapé en face de Rivière-du-Loup.

Un barbecue

Donald Latraverse va dormir dans un motel au bord de l'eau, à Matane. Il paye avec la carte Visa prise dans le portefeuille trouvé dans le pantalon de son compagnon de l'hôpital.

Jusque-là, chaque fois qu'il a dû faire le plein de la motomarine, il a payé avec des dollars piqués à la même source. Ce coup-ci, il a un peu plus de scrupules. Les dollars, il les remboursera facilement. La carte de crédit, c'est plus compliqué parce qu'on ne lui enverra pas la facture. Et le motel, c'est plus cher que le plein d'une motomarine. Mais il n'a pas le choix. Heureusement, la femme au comptoir ne compare pas sa signature à celle de M. Larivée.

Dans la salle de bains, il enlève sa veste et les bandages qui lui restent. Il garde seulement le pansement sur la tête, où il devine qu'il a une coupure profonde, parce qu'il a mal quand il y touche. Et aussi il y a du sang frais qui perce encore à travers le blanc rose et gris de la gaze. Il essaye de le couvrir avec un bout de celle qu'il vient d'enlever, mais ça ne tient pas une minute.

À dix heures, il regarde les nouvelles à la télévision. On ne parle pas du traversier disparu. Ça veut dire qu'il peut encore le retrouver sans que son oncle soit au courant de quelque chose. Avec un peu de chance, il récupérera l'*Amélie,* la ramènera à Saint-Ours et personne ne saura par où elle est passée, sauf les propriétaires de la compagnie Visa. Et les passagers s'il y en a toujours à bord.

Il s'éveille avec le lever du jour. Il déjeune dans un restaurant à côté du motel et demande si quelqu'un a vu passer un traversier la veille ou pendant la nuit. Oui, on a vu le traversier de Godbout, et ensuite celui de Baie-Comeau.

– Il est comment, le traversier de Godbout ?

– La coque est bleue puis le haut est blanc.

– Puis celui de Baie-Comeau ?

– Il est pareil. C'est le même. Il va une fois à Godbout, puis il revient à Matane, puis là, il part pour Baie-Comeau…

– Vous en avez pas vu un rouge et bleu avec du blanc ?

– Non. Y a rien que le *Camille Marcoux* par ici.

Donald hésite encore. Qu'on n'ait pas vu l'*Amélie* ne signifie pas qu'elle n'est pas passée par là. Il décide de faire encore un dernier petit bout avant de remonter vers Sorel.

Et puis, il n'est plus tout à fait sûr d'avoir envie d'y retourner. Il n'avait jamais pensé qu'un jour il se rendrait si loin. Et l'idée lui semble de moins en moins mauvaise d'aller plus loin encore.

Candide Labelle se réveille. Elle a encore insisté pour dormir dans le coffre. Mais les hommes ne l'ont toujours pas laissée faire.

Le moteur de la Mercedes tourne. Et il fait agréablement chaud dans la voiture. Elle se soulève. Les hommes sont sortis. Elle sort elle aussi, en enfilant son manteau.

– Ah vous voilà, dit-elle en les apercevant dans la cabine du traversier. Où c'est qu'on est, ce matin ?

Martin Guertin se hâte de lui fait part des observations que vient de lui suggérer la lecture de la carte.

– À mon avis, de ce côté-là, c'est la Gaspésie. Par contre, de l'autre côté, c'est soit la Côte-Nord ou l'île d'Anticosti. À moins que ce soit le Labrador. Tout dépend de la vitesse du courant, sans compter le vent qui pousse de l'ouest.

– Ça sent bon, en tout cas.

Martin a l'air mal à l'aise. Ou déprimé. Elle cherche une raison pour se montrer optimiste. Et il flotte dans l'air une odeur de viande si agréable que mieux vaut sentir ça et ne rien manger que ne rien manger et ne pas avoir d'odeur non plus.

– Y a quelqu'un qui fait un barbecue dans l'île d'Anticosti, ajoute-t-elle en souriant. Ou au Labrador.

Elle s'aperçoit alors que les deux hommes fuient son regard.

– Qu'est-ce qui se passe ?

– Le barbecue... commence Trefflé, incapable de terminer sa phrase.

– Il est sous le capot de la Mercedes, ajoute Martin brutalement parce qu'il faudra bien l'avouer tôt ou tard, aussi bien tout de suite.

Candide se tourne vers la voiture. Un filet de fumée s'échappe par la calandre.

– C'est pas vrai. Vous avez pas fait ça...

– On a réussi à siphonner un peu d'essence dans le réservoir du traversier, explique Martin.

En fait, il est très fier de lui parce qu'il s'agissait effectivement d'un exploit même si c'est Trefflé qui en a eu l'idée et qui a quasiment tout fait tout seul. Ensuite ils ont rapporté la batterie dans la Mercedes. Il restait juste assez de jus pour démarrer. Maintenant, elle doit être rechargée à bloc.

– Vous avez tué Trois-Pistoles !

– En fait, dit maladroitement Martin en s'efforçant de jouer les ironiques, c'est peut-être Matane qu'on aurait dû l'appeler. Ou Gaspé.

– Vous êtes des monstres !

– Lui aussi, il avait faim. On n'avait rien à lui donner. Même pas d'eau. Il serait mort de toute façon. Aussi bien lui que nous.

– C'est pas une raison.

Elle leur fait la tête pendant les deux heures que dure encore la cuisson. Mais elle réclame ensuite sa part et la dévore avec un bel appétit.

– Mon père disait que le porc dans les restaurants chinois, c'est du chien ou du chat. Ça fait qu'on y allait jamais. C'est difficile à écorcher ?

Martin, qui a accepté d'aider Trefflé à tuer le chien en tenant un bout du lacet qui l'a étranglé puis à tirer sur la peau pendant que l'autre la détachait de la chair, n'a pas l'estomac très solide, ce matin. Et puis, il y a le roulis. De se faire rappeler l'image du chien qu'ils écorchaient l'empêche d'avaler le morceau qu'il a en bouche. Il va le cracher par-dessus bord. Pendant qu'il y est, il rend aussi tous ceux qui lui sont restés sur l'estomac.

– On vous garde le reste, ou on peut le manger, nous autres ? demande Candide avec une pointe d'ironie.

Il ne répond pas.
– On va se le séparer, d'abord.

– Je ne serais pas tellement étonné, plaisante Martin, qu'on commence à approcher de l'Angleterre.
– L'Angleterre? J'aimerais ça.
Candide ne parle pas l'anglais, mais la perspective d'échouer en Angleterre ne lui déplaît pas. Elle s'achètera un parapluie en arrivant.
Malgré tout, ce voyage a du bon parce qu'elle a décidé, depuis la mort de ses parents, de prendre la vie du bon côté et maintenant qu'elle a vendu les entreprises Labelle, elle ne lui trouve que ça, des bons côtés. Elle reprend plaisir à vivre avec des hommes, comme quand elle était racletteuse. Et peut-être qu'elle en amènera un avec elle aux États-Unis dans son ouinébago en plus de se marier avec lui. Ou en Angleterre, si c'est par là qu'ils vont.
Lequel choisir, de Martin et Trefflé? Ce n'est pas si facile. Ils sont vieux tous les deux. Un peu lourdauds, mais pas de la même manière. Trefflé, probablement. Il est plus tranquille...
Martin commence à croire qu'elle a pu le prendre au sérieux, avec son histoire d'Angleterre. Il avoue en riant:
– Mais non, ce n'est pas l'Angleterre. Comment pensez-vous que je pourrais voir l'Angleterre sur une carte routière du Québec?
– C'est quoi, d'abord, cette terre, là?
Ah oui, c'est curieux: à l'horizon, on aperçoit quelque chose qui ressemble à une bande de terre. Mais c'est vers l'arrière et il est tout à fait improbable qu'on se dirige de ce côté-là.

– Anticosti, hasarde Martin. Ou le Labrador. Ou bien les îles de la Madeleine ou Haïti, pour ce que j'en sais.

Candide sourit. Ça serait hyper bien, d'aller s'échouer à Haïti en novembre, quasiment décembre. Même le Labrador, ce serait mieux que rien.

Trefflé est monté sur le toit de la cabine parce que ça lui permet de lancer la cuiller plus loin. Mais depuis un bon moment il a déroulé tout le fil et il la laisse traîner. Il crie tout à coup :

– J'en ai un. Un gros, je pense.

En effet, sa canne plie presque en deux sous le poids d'un poisson qui pourrait bien être une autre minuscule perchaude s'il y en a quelque part entre le Labrador et Haïti.

– Venez m'aider, dit-il encore.

Trop affamé pour réfléchir, Martin monte le rejoindre. Ça roule beaucoup, là-haut. Le vertige le reprend dès qu'il se dresse sur ses pieds.

– Qu'est-ce que vous voulez que je fasse ?

– Tenez-moi serré.

Martin s'installe derrière Trefflé, le prend à bras-le-corps, s'arc-boute des deux pieds sur le toit et s'agrippe à lui avec tant d'obstination que, lorsque l'autre tombe à l'eau, il le suit.

L'eau est glacée. Bien plus glacée que dans le lac Saint-Pierre. Martin est le premier à rejoindre le traversier parce qu'il n'a eu qu'à tendre la main pour s'agripper au panneau avant. Il se hisse à bord. Candide a lancé deux bouées de sauvetage. Trop loin. Elle s'est emparée de la gaffe, mais la manœuvre à tort et à travers, en donne un coup sur la tête de Trefflé qui manque de sombrer. Martin lui enlève la gaffe et réussit à saisir le blouson de bûcheron du nageur avant qu'il disparaisse tout à fait.

Il le ramène près du traversier.

– Tenez ça, dit-il à Candide en lui rendant la gaffe. Tenez-la bien. Ne donnez pas de coups.

– Je suis pas folle.

Il se penche, tire de toutes ses forces sur le col de Trefflé, parvient à le remonter sur le pont non sans avoir reçu un coup de gaffe sur la nuque.

– Il est noyé ? s'inquiète Candide.

– Non. Plutôt gelé, je dirais.

Il donne quelques gifles à Trefflé, qui ouvre les yeux et demande :

– Le poisson ?

– Perdu. La canne aussi.

– C'est de valeur.

À plusieurs reprises, Martin Guertin a allumé la radio pour écouter les nouvelles, maintenant que la batterie est rechargée. Mais presque toujours il a allumé la radio au mauvais moment – à et cinq ou à et huit – et a raté le début des informations.

Cette fois, il l'allume à six heures pile. Du soir. Mais la radio à balayage tourne sans arrêt et se révèle incapable de repérer une station audible sur la bande AM comme sur la bande FM.

Il sort rejoindre les autres qui ont regardé le soleil se coucher et restent là à ne rien regarder.

– On n'a même plus de radio, dit-il. J'aurais aimé avoir la météo.

– Il va neiger, dit Candide Labelle.

– Qu'est-ce qui vous fait dire ça?

– J'ai reçu un flocon sur le nez.

Il ne la croit pas tout de suite. Mais bientôt il doit reconnaître qu'elle a raison, puisqu'il reçoit lui aussi des flocons de neige dans le visage. Même que quelques instants plus tard les manches de son manteau se couvrent de points blancs. Il les lèche dans l'espoir de se désaltérer. Trefflé fait pareil. Candide ouvre la bouche toute grande pour y recevoir le plus de neige possible.

Martin n'a pas plus que les autres envie de retourner dans la voiture. C'est la première neige de l'hiver, bien plus facile à prendre que la dixième ou la centième. Et il n'y a pas ici d'entrée de garage à déblayer, pas le problème de tourner en rond dans un quartier pour trouver un endroit où se garer. La neige est dépourvue de désagréments quand on a la chance d'être sur un traversier qui dérive dans le golfe du Saint-Laurent.

Il se rapproche un peu de Candide. Ils sont bien comme ça, flanc contre flanc. Pas vraiment heureux, non. Pour cela, il faudrait qu'ils aient moins faim, moins soif et qu'il fasse plus chaud. Mais, dans le fond, ils ne sont pas malheureux, ce qui n'est pas si mal et, finalement, bien mieux que la majorité des individus sur terre en ce moment.

– C'est drôle, dit justement Candide, je me sens bien. Je pense que, si on veut être heureux, on a juste à le vouloir. Puis je sais pas pourquoi, mais ça me tente, ce soir.

Martin se retient de protester. Ça ne tient pas debout: personne ne peut être heureux à volonté, comme ça. Les gens qui meurent de faim ne peuvent pas être heureux. Une femme dont l'enfant est malade ne peut pas être heureuse (il s'étonne de songer ainsi aux enfants malades, lui qui n'a jamais eu d'enfants et ne se souvient pas d'avoir été malade quand il en était un). Bref, des tas de gens sont dans l'impossibilité totale et absolue d'être heureux. Pour être heureux, il faut avoir le ventre plein et ne pas voir de malheur autour de soi ni même à la télévision – pas de guerre, pas de tremblement de terre, pas d'épidémie...

Par contre, il a faim. Pas une faim de quelqu'un qui meurt de faim, il le reconnaît, mais rien ne prouve qu'ils ne mourront pas de faim tous les trois si personne ne les tire de là d'ici peu. Et il a froid. Il ne connaît pas les dernières nouvelles, ni le temps qu'il fera demain. Quand il pense qu'il va peut-être mourir bientôt, ça l'embête vraiment, maintenant. Parce qu'il n'a rien fait de sa vie. Il n'a pas écrit son roman. Il n'a pas fait le bonheur d'une femme ou d'un enfant. Il n'a fait le bonheur de personne, pas même le sien. Ce serait con de mourir en ce moment, alors qu'il vient tout juste de découvrir qu'il n'a pas vécu.

Pourtant, il n'est pas malheureux. Même que depuis qu'il est sur ce traversier il a pour la première fois de sa vie l'impression de vivre. L'impression d'être devenu quelqu'un d'autre. Ou le vrai lui, celui qu'il aurait dû rester, celui de bien avant ses études de lettres. Ce n'est pas à cause de la femme dont il sent la chaleur à son côté, parce que, même avant qu'elle sorte du coffre de la Mercedes, il commençait à se sentir comme ça. De moins en moins exaspéré. De plus en plus en paix avec l'univers et avec lui-même, comme si le traversier le transportait dans un autre monde. Cela ne l'a pas empêché de faire des bêtises, comme dévorer les barres tendres pendant que Trefflé regardait ailleurs. Mais si c'était à recommencer maintenant, il les partagerait. Presque sûrement. Pourquoi ?

C'est facile : parce qu'il commence à être sage. Il ne l'est pas complètement ; l'individu qui accède à la sagesse est plutôt celui qui commence à s'apercevoir qu'il n'est pas sage.

Même qu'il lui prend l'envie d'avouer son crime de gourmandise. Il ouvre la bouche pour le dire, mais ça n'est pas du tout ça qui sort. Il dit simplement, ou plutôt il répète sans aucune simplicité ce que Candide disait tout à l'heure :

– Le bonheur est directement proportionnel à la volonté de l'individu d'être heureux.

Aussitôt, il s'aperçoit que ce qu'il a dit vient de l'homme qu'il était, pas de l'homme qu'il est train de devenir.

Il rentre dans la voiture. L'affichage de la radio tourne toujours sans jamais s'arrêter.

Il enlève la clé et la met dans sa poche comme s'il avait peur qu'on la lui vole.

– Savez-vous ce que j'ai pensé ? demande Candide, qui vient de s'allonger sur la banquette arrière.

Les hommes ne répondent pas. Comment le sauraient-ils ? Martin, que ce genre de question irritait il n'y a pas si longtemps, reste calme. Il veut vraiment savoir ce qu'a pensé Candide, mais il sait que la question qu'elle a posée n'est pas une question véritable, seulement une manière de commencer une phrase.

Et tout à coup il lui revient à l'esprit ce qu'elle a dit au bar de Saint-Ours, l'autre soir : qu'elle a le sida. Non : qu'elle est séropositive. C'est presque la même chose. Et peut-être qu'elle vient de se dire qu'à bien y réfléchir elle avait de la chance de mourir comme ça de faim sur un traversier, plutôt que de crever du sida dans un hôpital ou dans une institution pour gens en phase terminale, si c'est comme ça que ça s'appelle.

Comme Candide ne dit rien de tout cela, il déduit qu'il est de son devoir de l'aider à répondre à sa propre question. Un mot suffit :

– Non ?

– On n'a pas d'enfants, personne. Pas vous, pas moi, pas Trefflé. C'est vrai, Trefflé, vous avez pas d'enfants ?

Trefflé secoue la tête. Candide ne le voit pas, mais c'est évident qu'il a fait non, de la même manière qu'il est évident que Martin n'a pas d'enfants. Tous les hommes qui en ont se vantent d'en avoir et se plaignent de ceux qu'ils ont. Elle continue :

– Combien y a de chances sur cent pour que, quand y a trois adultes sur un bateau, y en a pas un qui a des enfants ?

Les deux hommes n'en ont pas la moindre idée. Trefflé croit que Candide va leur donner la réponse. Martin se doute qu'elle ne la connaît pas. Il dit quand même, parce que c'est la chose à dire quand on ne veut pas qu'une conversation s'éteigne :

– Combien ?

Candide ne répond pas. Elle dit plutôt :

– Je me dis que, si on mourait tous les trois, y aurait personne pour se plaindre. Je veux dire pour se plaindre comme un enfant quand son père ou sa mère vient de mourir.

Il y a un long silence. Candide se rappelle avec un instant de retard l'indifférence avec laquelle elle a appris la mort de ses parents. Trefflé, lui, a peut-être versé quelques larmes, mais il n'en est pas sûr. Il avait toujours su que ses parents mourraient un jour. Ça n'avait pas été une surprise. Ni quand son père s'est tué ni quand sa mère a brûlé dans l'incendie. Son père buvait au volant, sa mère fumait au lit.

Martin est pris au dépourvu. Il doit faire un effort pour se souvenir de la mort de ses parents. Pour sa mère, qui était à l'hôpital depuis quelques semaines, on a téléphoné chez lui, ou plutôt chez la femme avec qui il vivait dans ce temps-là. Il n'y était pas. Il est rentré très tard, très soûl. Ginette lui a annoncé que sa mère se mourait. Il a répondu qu'il irait voir ça le lendemain – il voulait dire quand il aurait dormi. Mais au matin l'hôpital a annoncé que c'était fini. Tant pis. Pour son père, il était en Italie. Il allait prononcer une conférence sur Gaston Miron à l'Université de Bologne. La conférence avait été annulée parce que le Conseil des Arts du Canada avait refusé la subvention. Mais il ne l'avait dit à personne et y était allé quand même, à la date prévue pour la conférence qu'il n'a pas prononcée. Il a juré à Ginette qu'il ne pouvait pas rentrer avant de l'avoir donnée. Elle s'est occupée de tout. Mais à son retour elle lui a dit d'aller se faire voir ailleurs. Tant pis encore.

Il aurait envie de dire à Candide que ça ne fait rien qu'ils n'aient pas d'enfants pour les pleurer, parce qu'il n'est pas du tout sûr qu'ils pleureraient s'ils en avaient. Mais elle conclut avant lui :

– Dans le fond, c'est mieux si c'est nous autres qu'on est perdus. Si on revient pas, c'est tant pis. Si on revient, c'est tant pis aussi.

Martin hoche la tête. Oui, la jeune femme a raison. Plus on y pense, moins les choses ont d'importance. Surtout quand on est assez con pour ne pas faire d'enfants. Mais peut-être que c'est pareil si on a eu la stupide idée d'en concevoir un ou toute une ribambelle.

Tiens, tant pis, ça me ferait une belle devise, se dit-il. Même qu'il verrait bien ça sur sa tombe, sous son nom et les dates de sa naissance et de son décès : Tant pis.

Un autre Labrador qui passait par là

– Écoutez ! s'écrie soudain Candide Labelle.

Un bruit de moteur lointain vient de la réveiller.

– Baissez les vitres !

Le temps que Martin Guertin se tire entièrement du sommeil, qu'il tourne la clé dans l'allumage et appuie sur le bouton pour faire descendre les glaces, il n'y a plus rien à entendre.

– Y avait un hélicoptère, insiste Candide. Vous l'avez pas entendu ?

– Non.

– Allumez la lumière.

Martin allume le phare et, tant qu'à faire, met les clignotants d'urgence.

– Atchoum ! fait Trefflé après un long moment à ne rien entendre d'autre que le bruit des vagues contre la coque.

C'est le temps de remonter les glaces, de rallumer le moteur, de mettre le chauffage au maximum avant que tout le monde se mette à éternuer.

– J'ai pas rêvé, proteste Candide comme si quelqu'un avait mis sa parole en doute. Ça faisait « tchouc-tchouc-tchouc » comme dans les films.

– Vous êtes sûre que ce n'était pas un train ? rigole Martin.

– C'était un hélicoptère. Vous allez voir, il va revenir.

Il fait assez chaud. Martin éteint le moteur, le phare et les clignotants aussi.

Depuis quelques jours, de différents endroits de la Côte-Nord, des plaisantins appartenant sans doute à un quelconque mouvement pour la libération du Québec ont téléphoné à la Garde côtière du Canada pour signaler différentes incongruités.

D'abord, cette personne (il pourrait en effet s'agir d'une seule et unique personne, se déplaçant sur la Côte-Nord entre Sept-Îles et Natashquan pour faire comme s'ils étaient plusieurs) a signalé un périscope de sous-marin. La préposée du poste de Sept-Îles n'a pas eu à se demander si c'était sérieux ou pas, elle a transféré l'information aux Forces armées. Les sous-marins, même après la fin de la guerre froide, c'est l'affaire des Forces armées, pas des garde-côtes.

Il est difficile de croire que la Russie ou quelque autre nation plus ou moins hostile (la France, par exemple, désireuse de lancer une nouvelle guerre de la morue tout en signifiant son appui aux séparatistes québécois) s'amuse à envoyer des sous-marins dans le Saint-Laurent. Mais il est aisé d'imaginer que ce périscope de sous-marin n'était qu'un mât de voilier. Le centre de coordination de sauvetage à Halifax a donc été alerté. À son tour, Halifax a ordonné au colonel Walker, de la base de Greenwood, d'envoyer des hélicoptères. L'opération était risquée, parce que les Labrador ont plus de trente ans et auraient depuis longtemps été envoyés à la ferraille si le premier ministre du pays, alors qu'il était chef de l'opposition mais en campagne électorale, n'avait pas promis de déchirer la commande de nouveaux appareils. Le contrat avait été résilié. C'était sa promesse la plus facile à tenir puisque c'était la seule qui ne coûtait rien. Que le Canada n'ait pas de marine marchande et que les équipages des navires en perdition près de ses côtes soient généralement philippins ou coréens n'entrèrent aucunement dans cette décision, paraît-il.

Quelques années plus tard, on n'a toujours pas commandé de nouveaux hélicoptères, et les Labrador, de plus en plus usés, coûtent de plus en plus cher à entretenir et ont de plus en plus tendance, même par temps calme, à tomber comme des samares quand le vent souffle.

Justement, un des Labrador de la base de Greenwood s'est écrasé il y a même pas deux mois. On a cloué tous les autres au sol, le temps de les examiner soigneusement. La révision n'ayant révélé aucun problème majeur – seulement mille et une imperfections capables de se transformer en grands problèmes dans un appareil qui a presque deux fois l'âge des membres d'équipage –, on les a encore une fois déclarés bons pour le service.

Le colonel Walker en a envoyé deux à la recherche du mât-périscope. C'est plus prudent. En cas d'ennui mécanique, le second peut toujours repêcher l'équipage du premier tombé dans l'eau, puisque les missions de sauvetage en mer sont justement la spécialité de ces appareils et de leurs équipages.

Les deux hélicoptères envoyés pendant la nuit n'ont vu ni détecté avec leurs instruments rien qui ressemble à un voilier ou à un sous-marin.

Le lendemain, un autre appel anonyme signale des barils suspects. La garde côtière fait passer le message à la base de Greenwood, parce que son bateau le plus proche est en panne à Blanc-Sablon. Ce vaisseau, on l'aura deviné, n'est plus de la dernière jeunesse et a tendance à tomber en panne chaque fois qu'il accoste quelque part entre Montréal et Terre-Neuve parce que ses officiers préfèrent être en panne dans un port plutôt qu'en mer.

Les deux nouveaux Labrador, si on peut les appeler ainsi, ne repèrent aucun baril suspect. Le colonel Walker téléphone alors à la Gendarmerie royale du Canada pour lui signaler qu'un plaisantin est à l'œuvre sur la Côte-Nord et que ce type met en danger la vie de ses hommes (et de ses femmes, se hâte-t-il d'ajouter parce que, depuis qu'il y en a quelques-unes dans les Forces armées canadiennes, il faut faire attention de ne jamais parler seulement des hommes).

Le troisième jour, le farceur dépasse toutes les bornes en signalant avoir vu dans ses jumelles un bateau qui ressemble aux petits traversiers qui traversent les petites rivières.

On envoie donc encore deux hélicoptères qui ne sont sur les lieux qu'une fois la nuit tombée. Les pilotes déclarent en revenant qu'ils n'ont rien vu qui ressemblait à un traversier mais qu'il faisait nuit et qu'il est tout à fait possible, mon colonel, qu'on ne l'ait pas vu s'il n'avait pas de lumières, mais ils ne voient pas de raison pour qu'un traversier, surtout un petit, navigue dans le fleuve tous feux éteints.

Le colonel envoie les équipages se coucher. À l'aube, il demande à deux autres équipages de partir avec les deux derniers Labrador encore en état de voler.

L'un d'eux refuse de démarrer parce que le pilote fait exprès, même s'il risque le conseil de guerre, mais les Labrador ont mauvaise réputation et les conseils de guerre canadiens sont ceux qui ont le plus de préjugés favorables envers les soldats de leur pays. Le pilote ne risque donc pas grand-chose.

L'autre Labrador part lourdement dans le petit jour grisâtre.

Trois heures plus tard le pilote du Labrador annonce au colonel Walker :

– Ce n'est pas un traversier, c'est une motomarine.

– Vous êtes sûr ?

– Une motomarine, ça ne ressemble pas à un traversier. On ne peut pas se tromper.

– Où êtes-vous exactement ?

Le copilote donne les coordonnées : un point au sud de l'île d'Anticosti. Comment une motomarine a-t-elle pu se rendre là ? Surtout, pourquoi un motomarinier aurait-il envie d'aller si loin ?

– Il y a quelqu'un dessus ?

– Oui, un type avec un pansement sur la tête.

Le colonel Walker réfléchit. Si cette motomarine et le type avec un pansement sur la tête avaient un rapport avec les autres incidents ? Il cherche une explication logique à la présence dans le golfe du Saint-Laurent d'un traversier, d'un sous-marin ou d'un voilier, de barils de drogue et d'une motomarine conduite par un blessé. Il n'en trouve pas. Il dit quand même, à l'intention du capitaine Philpot de la GRC, qu'on lui a envoyé il ne sait trop pourquoi sinon pour l'emmerder :

– Je ne serais pas du tout étonné qu'il y ait un rapport avec les barils d'avant-hier et le sous-marin de l'autre jour.

Cela plonge le capitaine Philpot dans une réflexion encore plus infructueuse que profonde.

– Ça me semble évident, reconnaît-il enfin.

– Okay, les gars, vous le ramenez, dit le colonel Walker.

– La motomarine aussi ?

– Vous êtes capables ?

– Johnson dit que celle de son père pèse moins qu'une demi-tonne. Ça devrait aller.

Sur sa motomarine, directement sous l'hélicoptère, Donald fait semblant de rien. On ne l'a peut-être pas vu. Le plancher de cet hélicoptère n'est pas transparent. Et une petite motomarine dans l'océan, ça n'est pas si facile à voir.

La nuit dernière, quand il est tombé en panne sèche, Donald a souhaité qu'un bateau ou n'importe quoi le retrouve.

Mais il vient justement de changer d'avis, ce matin. Que le traversier soit retrouvé ou pas, il sait qu'il aura des tas d'ennuis. La garde côtière fait payer aux rescapés les frais des opérations de sauvetage. Si on le repêche, il devra vraisemblablement payer, pour lui-même et pour la motomarine. Quant à l'*Amélie,* il ne sait plus quoi souhaiter. Si on la retrouve, il sera ruiné. Si on ne la retrouve pas, il sera déshonoré. Peut-être emprisonné s'il est jugé coupable de l'avoir abandonnée. Le mieux, ce serait qu'on retrouve l'*Amélie,* mais qu'on ne le retrouve pas, lui.

Alors, ce matin il lui est venu une idée toute simple : se laisser pousser par le courant. Jusqu'où ? Il n'en sait rien, et c'est justement ce qui rend son idée si séduisante. Peut-être qu'il va s'échouer en Afrique ou aux États-Unis ou en Europe. Peut-être qu'il va être submergé par une vague immense. Peut-être que des pêcheurs russes vont le recueillir. Peut-être que des pirates... Ce qui est sûr, c'est que ce matin il en a assez de sa petite vie de conducteur de traversier, qui va, qui vient, sans jamais aller nulle part. Il va vivre une merveilleuse aventure. Il en mourra peut-être, mais c'est bien mieux de mourir dans une aventure merveilleuse que de mourir pour rien.

Ne voilà-t-il pas que ce satané hélicoptère fait du surplace au-dessus de lui. Avec un peu de chance, on ne l'a pas vu et l'hélicoptère va repartir. Mais il n'a pas de chance, ce matin. Il est vrai que les matins chanceux de sa vie ont été aussi rares que les après-midi heureux, les soirées radieuses et les nuits à deux.

D'abord, une porte s'ouvre sur le côté de l'appareil jaune et rouge, à l'avant des mots Rescue et Sauvetage. Donald ne sait pas ce que signifie Rescue, mais Sauvetage lui prouve que ce sont bel et bien des gens venus le cueillir. Tant pis.

Il entend ensuite, sous le grondement des moteurs de l'hélicoptère, un bruit qui peut bien être celui d'un treuil électrique même s'il n'a jamais entendu de bruit pareil. Il lève les yeux et voit un homme en combinaison orange, qui descend vers lui au bout d'un fil d'acier. On l'a vu. Tant pis encore.

– *Down, down, down,* crie dans son micro le soldat Carpentier pour qu'on le descende un peu plus.

– Tu vois ce que je vois ? dit alors le pilote à son copilote. À dix heures.

Le copilote tourne les yeux dans la direction précisée. À même pas un kilomètre, il y a un traversier. Un petit, bien plus petit en tout cas que celui qu'il a pris la fois qu'il est allé avec ses parents à l'Île-du-Prince-Édouard, avant la construction du pont. Sur le traversier, il y a trois personnes – deux hommes et une femme – dont les six bras leur adressent des appels désespérés. Il y a aussi sur la plate-forme du traversier une voiture noire dont les roues arrière sont en porte-à-faux au-dessus de la mer, comme si elle avait été larguée là par un équipage d'hélicoptère particulièrement maladroit.

Ce traversier change tout. Pas question de s'occuper d'une motomarine quand il y a une autre embarcation avec trois passagers à bord.

– Qu'est-ce qu'on fait ? demande le copilote.

– On suit le livre. On embarque les gens, on laisse le matériel.

Le pilote s'adresse ensuite à Carpentier :

– Laisse faire le Sea-Doo. On a d'autres clients.

Mais Carpentier est trop occupé pour écouter attentivement. La manœuvre est compliquée. Il cherche un endroit où attacher le treuil, trouve l'anneau qui sert justement à sortir ces machines de l'eau. Il aide ensuite l'homme à passer une veste de flottaison, comme l'exige le règlement, et ensuite un harnais qu'il fixe au crochet qui pend au bout du filin d'acier.

– *Ready ?* demande le pilote.

– *Ready. Up !*

En haut, le préposé au treuil actionne le moteur. Lui aussi observe le traversier au lieu de se concentrer sur son travail. Il pousse le bouton sans regarder, quand il entend Carpentier dire *Up*.

Le pilote ne s'attend à monter que cent cinquante kilos. Mais dès que la motomarine est soulevée hors de l'eau, le poids supplémentaire déséquilibre l'hélicoptère.

Il croit à un coup de vent et compense au maximum. La motomarine retombe dans l'eau. Soudain libéré de ce poids, le Labrador fait presque un tour entier sur lui-même. Le lieutenant échappe les commandes et lâche une bordée de jurons, tandis que l'hélicoptère plonge lui aussi dans la mer.

– Que se passe-t-il ? crie à son tour le colonel Walker à la radio.

– *Deep fuckin' shit,* obtient-il comme seule réponse.

Et il comprend qu'il vient de perdre un autre Labrador.

Il pousse un profond soupir. Il devrait s'y habituer, mais il n'y arrive pas.

Le premier ministre prend son déjeuner en pyjama, avec madame en robe de chambre. Cela lui plaît, lorsqu'il peut commencer ainsi sa journée en testant sur sa femme les décisions qu'il a prises pendant la nuit, parce qu'elle possède mieux que personne l'art d'éliminer tout de suite celles qui ne tiennent pas debout avant qu'il ait eu l'occasion d'en faire part à ses subordonnés.

Il n'ouvre pas les journaux. Il ne les lit presque jamais, car il a un attaché de presse qui est payé pour lui résumer ce qui mérite d'être résumé. Cela ne prend que deux minutes, rarement plus. Et puis, ce matin, les premières pages font état d'un nouveau sondage, le dernier avant les élections, qui donne les séparatistes gagnants –

pas tellement au niveau du pourcentage des voix, mais parce que les anglophones qui votent libéral à cent pour cent ou presque sont concentrés dans quelques circonscriptions au lieu de s'être éparpillés un peu partout comme ils auraient dû s'ils avaient eu un peu de cervelle dans la tête.

« Ce qu'il faudrait faire, songe-t-il, c'est donner des primes aux anglos pour qu'ils déménagent dans des comtés francophones, et des primes aux francos pour le contraire. Ça serait comme de la purification ethnique, mais à l'envers. De la dilution ethnique, qu'on appellerait ça. Personne pourrait être contre. En tout cas, l'OTAN peut pas faire autrement qu'être pour. »

Le téléphone sonne. Sa dame va répondre.

– C'est Arthur. L'Arthur de la Défense.

Au lieu de ronchonner comme d'habitude « Qu'est-ce qu'il me veut encore, celui-là ? », le premier ministre prend le téléphone avec joie. Enfin, ça brasse dans l'armée pour qu'on interrompe son petit déjeuner. Un affrontement avec des autochtones du Québec ? C'est en plein ce qu'il faudrait, la veille d'une élection séparatiste.

– On a perdu un Labrador, bredouille l'Arthur de la Défense.

– Un hélicoptère ou un chien ? plaisante le premier ministre.

– Un hélicoptère, répond vivement Arthur de la Défense, offusqué qu'on puisse faire des blagues à propos des chiens.

Le premier ministre réfléchit trois secondes.

– Vous connaissez le principe de... comment qu'il s'appelle ?

– Peter ?

– Non, mais c'est pas grave de qui que c'est. Sa théorie, c'est qu'une bonne nouvelle pour le Québec, c'est bon pour les séparatistes parce que ça montre qu'ils sont capables de se débrouiller tout seuls. Une mauvaise nouvelle pour le Québec, c'est bon pour les séparatistes parce que ça montre qu'il est temps qu'ils se débarrassent du fédéral. Une bonne nouvelle pour le fédéral, des fois c'est bon, mais souvent ça dérange pas tellement les séparatistes parce que le Québec aussi en profite. Mais savez-vous qu'est-ce qui est le mieux pour les séparatistes ?

Brève pause. Arthur de la Défense ne le sait pas. Il va le savoir.

– Une mauvaise nouvelle pour le fédéral, c'est ça qui est le mieux pour les séparatistes. Plus le fédéral va mal, plus les séparatistes vont bien. Vous comprenez ça, Arthur ? Jusqu'à demain soir à huit heures, tout ce que je veux, c'est pas de mauvaises nouvelles pour le fédéral. Pourquoi vous pensez que je fais pas de déclarations depuis une semaine ? Puis s'il y en a, des mauvaises nouvelles, on a rien qu'à pas en parler. C'est-tu clair ? On peut pas annoncer qu'on a perdu un hélicoptère juste avant les élections. Les séparatistes vont en faire leurs foies gras. L'armée, c'est à peu près tout ce qu'il reste de fédéral. Faut que le monde leur fasse confiance. Enterrez ça jusqu'à mardi.

– Je comprends. Mais ce n'est pas tout.

– Qu'est-ce qu'y a encore ?

– Il y aurait un sous-marin dans le golfe. Russe, peut-être. J'ai envoyé le *Vidiquiou* pour voir...

– Faites pas juste le voir. Coulez-le ! C'est ça, que ça nous prend. Pas d'avertissement, rien. Coulez-moi ça, ce sous-marin-là. Ça va leur montrer. Puis ça va faire une vraie bonne nouvelle pour le fédéral.

Le ministre de la Défense comprend qu'il s'agit d'apprendre aux séparatistes ce qu'il en coûte de s'opposer au gouvernement fédéral et à ses forces armées quand on est une ex-grande puissance. Imaginez, si vous n'êtes qu'un petit parti provincial...

– Je m'en occupe.

Un gros, peut-être

Lorsque le Labrador est tombé à l'eau, Donald Latraverse l'aurait suivi au fond de la mer si Jesse Carpentier ne s'était pas hâté d'enlever le crochet de treuil qu'il avait fixé à son harnais. Le soldat a aussi vite détaché la motomarine, pour éviter que l'hélicoptère ne l'entraîne au fond de la mer.

Il se hisse sur le siège, tend la main à Donald pour l'aider à monter derrière lui.

– Elle marche ? demande-t-il.

– Oui, mais y a plus d'essence, avoue Donald.

Jesse Carpentier attend un bon moment que surgissent à la surface de l'eau les autres membres de son équipage.

– Tant pis, murmure-t-il quand il est convaincu qu'il ne les reverra jamais.

Puis, comme si son nouveau compagnon pouvait juger qu'il les oublie bien vite :

– On tirait chaque fois pour savoir celui qui descendrait. Celui qui descend avec le crochet, c'est lui le plus en danger. Je perdais tout le temps. Ils trichaient, je pense, même si le lieutenant disait que ça pouvait arriver, qu'on tire tout le temps le même numéro. Un autre numéro finirait par sortir. J'avais rien qu'à patienter.

C'est comme les loteries : si on joue pendant des millions d'années, on finit toujours par gagner. C'est mathématique.

Il se tait un instant, avant d'ajouter encore :

– Mais là, le bon numéro, je pense que c'est moi qui a fini par l'avoir, pour une fois.

– Vous pensez qu'ils vont arriver vite ? demande Donald qui ne sait pas trop qui sont ces « ils » ni par quel moyen aérien ou maritime ils sont susceptibles d'arriver.

– Pas facile à dire, avec les Labrador. Y a des fois qu'ils arrivent pas.

Ça fait une bonne heure qu'ils attendent. Jesse a expliqué à son compagnon qu'il s'est engagé parce qu'il voulait voir du pays. On l'a envoyé en Nouvelle-Écosse. Et il apprend l'anglais. Il aurait pu tomber plus mal. Donald l'écoute avec attention, parce qu'il se demande s'il ne pourrait pas, lui aussi, se joindre aux Forces armées. Mais il n'en parle pas, parce qu'il y a sûrement des tas d'obstacles. Il n'a pas son diplôme de secondaire. Il a trente et un ans. C'est peut-être trop vieux. Il n'est peut-être pas assez grand, non plus.

– Qu'est-ce que c'est que ça ? demande tout à coup Jesse.

– Quoi ?

– Là, y avait quelqu'un qui marchait dans l'eau.

Donald a beau regarder dans la même direction que lui et se dresser le plus haut qu'il peut sur la motomarine, il ne voit rien pendant plusieurs minutes. Puis, tout à coup, une vague plus forte les soulève plus haut et il aperçoit lui aussi trois personnes qui marchent sur l'eau. L'apparition est brève et il croirait à une vision si son compagnon n'avait pas vu la même chose.

– Tu as vu ça ?

– Oui.

Jesse est debout à l'avant, sur la pointe des pieds, les mains sur le guidon. Donald s'appuie sur ses épaules, monte sur le siège. Les revoilà.

L'*Amélie* est retrouvée !

– C'est Trefflé Yelle.

– C'est qui ?

– Il est sur mon traversier, j'ai reconnu le toit.

– Tu es sûr ?

– Si y avait rien que Trefflé, je dirais pas. Ou rien que le toit. Mais le toit puis Trefflé, je peux pas me tromper.

Pendant l'heure qui suit, il devient évident aux passagers de la motomarine que le traversier est immobile. Même qu'au lieu de se rapprocher, on dirait qu'il s'éloigne un peu. Le vent a plus de prise sur la motomarine. Ou sur le traversier. En tout cas, il est évident qu'ils ne se rapprochent pas.

– Tu sais ce qu'on devrait faire ? demande enfin Jesse.

– Y aller ?

– Tu sais nager ?

– Un peu.

– Avec nos vestes, on devrait être capables. Sinon, on va geler comme des crottes de toute façon.

– Correct.

Ils se lancent dans l'eau glacée, se démènent comme des anguilles pendant cinq bonnes minutes. Puis, juste au moment où Donald se dit que, tant pis, il n'en peut plus, une main attrape son bras et l'aide à se hisser à bord de l'*Amélie.* Jesse embarque sans aide.

Tout le monde se présente à tout le monde.

Le soldat et le passeur enlèvent leurs vêtements, les mettent à sécher sur la rambarde en ne gardant que leur slip. La femme prête son manteau de fourrure au soldat, qui insiste pour que Donald l'endosse.

– J'ai pas froid.

Il accepte quand même de s'engouffrer avec les autres dans la Mercedes.

– Juste un petit coup, on n'a presque plus d'essence, prévient Martin en mettant le moteur en marche.

– Vous avez rien à manger? demande Donald.

– Non.

– Vous avez regardé dans le coffre qui a une croix rouge dessus?

Pas de réponse. Donald sort de la voiture, court à la cabine, revient avec la trousse de premiers soins.

– J'ai des barres tendres, dit-il.

Il en garde toujours quelques-unes sur le traversier au cas où il lui prendrait une fringale. Il a remplacé le paquet tout entier pas plus tard que la semaine dernière.

– J'en ai huit. On est cinq, ça fera une chaque puis on fera tirer les autres.

Il ouvre la boîte, enlève les paquets de pansements. Dessous, il n'y a rien.

– J'étais sûr...

– Qui c'est qui a fouillé dans le coffre de la Croix-Rouge? demande sévèrement Candide en regardant tour à tour Trefflé et Martin.

L'agent immobilier hausse les épaules.

– Je ne me souviens plus très bien.

– Vous vous souvenez parfaitement, Martin Guertin. Vous avez pas honte ?

Il n'a pas honte du tout, mais hoche quand même la tête tristement, parce que oui, à bien y penser, il a un petit peu honte.

– Vous aurez pas votre part du prochain poisson qu'on va prendre, décrète Candide. Non, des huit prochains poissons. Un par barre tendre.

– C'est pas la peine de vous chicaner, dit Jesse. Greenwood a nos coordonnées. Ils vont nous retrouver en moins que rien s'ils ont pas trop de problèmes avec les autres Labrador.

– Ils ont intérêt à se dépêcher, parce que Trefflé a perdu la canne à pêche, dit Martin dans l'espoir de changer l'objet de l'animosité collective.

– Et ça, c'est quoi ? demande alors Donald.

– Je vois pas, dit Martin.

– Moi non plus, disent Trefflé et Carpentier.

– Y a une ligne à pêche. Là, vous voyez pas ?

Ils sortent tous de la voiture. Donald a parfaitement raison et une sacrée bonne vue : il y a un bout de fil de nylon accroché à la rambarde.

Trefflé le tire à lui. Et bientôt il ramène la canne à pêche.

– J'espère qu'on a encore la cuiller à l'autre bout, dit-il en commençant à rentrer l'autre extrémité du fil.

Il semble étonné, tout à coup.

– Y a quelque chose qui va pas ? demande Candide.

– Je pense que le poisson, il est toujours là. Un gros.

– On connaît ça, tes gros poissons, ricane Martin.

C'est la première fois qu'il tutoie Trefflé. Difficile de dire vous à quelqu'un qui n'attrape rien de plus gros que des perchaudes.

Une morue, par-dessus le marché

Le ministre de la Défense a ordonné qu'on le mette en ligne sans retard si le capitaine du *Vidiquiou* appelle. Vers deux heures de l'après-midi, juste comme il se dit qu'il est ridicule de se passer de déjeuner pour ces satanés Labrador qui tombent comme des mouches, sa secrétaire annonce :

– C'est le capitaine Ryan, du *Vidiquiou.*

Il décroche le téléphone.

– Nous sommes en vue de l'objectif, déclare le capitaine Ryan qui rêve depuis plusieurs décennies de prononcer cette phrase autrement que pendant un exercice.

– Coulez-moi ce satané sous-marin et prenez des vidéos.

– Ce n'est pas un sous-marin, monsieur, c'est un traversier. Un de mes officiers me dit qu'il est exactement comme ceux qui naviguent sur le Richelieu.

– C'est petit ou c'est gros ?

– De la place pour quatre voitures, je dirais. Peut-être six.

– Il y a des passagers ?

– Cinq, si je compte bien.

– Et qu'est-ce qu'ils font ?

– Apparemment, ils se disputent, monsieur.

– Ils se disputent ?

– À propos d'un poisson. Une morue, d'après deux de mes officiers qui viennent des Maritimes. Une grosse, comme il paraît qu'on n'en a pas vu depuis des années.

– Ne quittez pas.

Le ministre de la Défense appuie sur le bouton rouge de son appareil téléphonique. Le premier ministre décroche aussitôt.

– Vous l'avez coulé ?

– Ce n'est pas un sous-marin, c'est un traversier. Le *Vidiquiou* l'a repéré. Un traversier comme il y en a sur le Richelieu. Avec quatre voitures.

– Mais que c'est qu'un traversier du Richelieu est allé faire dans le golfe ?

– Impossible de le savoir, monsieur.

– Est-ce que quelqu'un a signalé le vol d'un traversier ? Ou la disparition d'un traversier ? Ou...

– Je ne crois pas. Mais il y a des passagers. Ils se disputent. À propos d'une morue.

– Y a de la morue dans le golfe ?

– Une énorme, paraît-il.

C'est une sacrée bonne nouvelle, ça ! Si le gouvernement fédéral annonce aujourd'hui la fin du moratoire sur la pêche à la morue, cela pourrait faire basculer quelques circonscriptions du Bas-du-Fleuve, de la Gaspésie et même de la Côte-Nord aux élections de demain. Quoique cela risque de raviver les querelles. Terre-Neuve va vouloir la grosse part du gâteau, le Nouveau-Brunswick presque autant, et il sera difficile d'en garder un peu pour le Québec. Surtout si les autochtones en demandent. S'il y a de la morue dans le golfe, il faut n'en parler à personne tant qu'il n'y en aura pas assez pour tout le monde. Et ce ne sera pas demain la veille.

– Qu'est-ce que vous pensez qu'on doit faire? demande le premier ministre parce qu'il sait que ses ministres l'accusent, derrière son dos, de n'en faire qu'à sa tête sans leur demander leur avis.

– Le *Vidiquiou* pourrait remorquer le traversier jusqu'à Québec. De là, un remorqueur commercial...

– Vous pensez que personne va voir passer un traversier remorqué par une de nos frégates? Les séparatistes vont dire qu'on essaye d'influencer les élections en envoyant la marine. À part de ça, vos cinq pêcheurs, ils vont dire qu'ils ont vu un Labrador tomber. Puis qu'y a de la morue dans le golfe, qu'on va être obligés de donner à Terre-Neuve. Ça peut leur faire gagner les élections, aux séparatistes. Vous avez pensé à ça?

Non, le ministre de la Défense n'a pas pensé à ça. Mais il pense que chaque fois que le premier ministre a fait quelque chose pour empêcher les séparatistes de gagner leurs élections, ça les a fait élire. Il n'en dit rien. Il sera toujours temps, le lendemain du vote, de le contester. L'idéal, ce serait de trouver quelqu'un d'autre pour ouvrir le bal. Si seulement le ministre des Finances avait des couilles...

– Voici ce que vous allez faire, décide le premier ministre après un moment. Vous allez dire au capitaine du *Vidiquiou* de couler ce satané traversier, que j'en entende plus jamais parler.

– Les passagers, qu'est-ce qu'on en fait?

Nouveau moment de réflexion. Une fraction de seconde, le premier ministre a failli crier: «Qu'on les envoie par le fond, y a deux chances sur trois que ça soit des séparatistes. » Mais il n'est pas vraiment un mauvais bougre. Pas question de tuer ces gens, tout séparatistes qu'ils soient. Surtout que rien ne prouve que ce ne sont pas des anglos.

– Faites-les enfermer dans le *Vidiquiou* jusqu'au lendemain des élections. Là, on va annoncer qu'on a perdu le Labrador. Puis qu'y a de la morue dans le fleuve, ça va compenser.

– Très bien.

– Dites aux gars du *Vidiquiou* que, s'ils ont du poivre de Cayenne, qu'ils laissent donc faire.

Le ministre de la Défense a un petit rire qu'il coupe net dès qu'il se rend compte que le premier ministre ne plaisantait pas.

– Encore une chose, ajoute son chef. Si jamais vous dites à quelqu'un que cette conversation a eu lieu, je vas jurer que je sais pas de quoi vous parlez. Et vous savez comme j'ai de la misère à me souvenir de mes conversations avec mes anciens ministres.

Le premier ministre raccroche. Le ministre de la Défense appuie sur un bouton de son téléphone.

– Capitaine Ryan, voici les ordres. Vous allez couler le traversier. Vous allez prendre les passagers avec vous et vous balader en pleine mer jusqu'à demain soir, sans parler à personne de tout ça, surtout pas de la morue géante. Et s'ils résistent, vous pouvez utiliser tous les moyens à votre disposition pour les maîtriser, mais pas de poivre de Cayenne. Compris ?

– Oui. Mais qu'est-ce que je fais de la motomarine ?

– Parce qu'il y a une motomarine en plus ? Vous la coulez, elle aussi.

Le ministre raccroche et se hâte de prendre des notes complètes sur sa conversation avec le premier ministre, au cas où. Il n'en prend pas sur celle qu'il a eue avec le capitaine, puisque celui-ci en prendra sûrement de son côté pour se couvrir les fesses. Entre le témoignage d'un capitaine de la marine et celui d'un ministre, qui les médias ou les tribunaux croient-ils toujours ?

Martin Guertin s'accroche à l'extrémité de la morue la plus facile à tenir : la tête, avec la bouche et les ouïes où il a ancré ses doigts. Même s'ils sont deux à tirer par la queue, il ne lâche pas prise. Parce que c'est sa morue à lui autant qu'aux autres. Et s'ils ne veulent pas la manger crue, il faudra bien la faire cuire sur le bloc moteur de sa voiture à lui. En siphonnant bien à fond le réservoir du traversier, il devrait être possible de trouver encore quelques gouttes d'essence.

En fait, les trois autres hommes seraient tout à fait disposés à partager le poisson avec lui. Seule Candide Labelle tient mordicus à venger le vol des barres tendres.

– Regardez ! crie soudain Martin en lâchant la morue.

Candide, qui tient fermement la morue par la queue, tombe sur le derrière. Comme personne ne l'aide à se relever, elle le fait toute seule et regarde dans la même direction que les autres. Un bateau gris vient vers eux. Un gros. De guerre, en plus, avec un canon à l'avant.

– C'est le *Vidiquiou,* dit Jesse Carpentier.

– C'est quoi, le *Vidiquiou* ? demande Candide.

– Le *Ville de Québec.* Mais tout le monde dans la marine dit le *Vidiquiou.* Ça se dit mieux. C'est une frégate.

– On est sauvés ! s'écrie Martin.

Jesse prend ses vêtements et entreprend de se rhabiller même s'ils sont encore trempés. Donald fait de même. Le *Ville de Québec* s'approche rapidement. Puis il stoppe à quelques centaines de mètres.

Un petit nuage de fumée sort alors de son canon et aussitôt après une gerbe d'eau s'élève à côté de la motomarine.

– C'est pas à moi, crie Donald, c'est à Fred Vigneault !

Une seconde gerbe d'eau répond à ses protestations.

Il y en a encore six. Il n'est pas facile, à quatre cents mètres, de couler une cible aussi petite et qui bouge dans les vagues, pour des canonniers qui n'ont presque jamais tiré sur quelque chose qui bouge. Surtout qu'on ménage les munitions pendant les exercices. On tire sans projectile et c'est l'ordinateur qui décide où le projectile serait tombé s'il y en avait eu un. C'est beaucoup plus précis, mais ce n'est pas pareil.

Finalement, les gerbes d'eau retombent, l'eau se calme et les passagers du traversier constatent que la motomarine a disparu de la surface.

Martin lève alors les bras au ciel, les étire le plus haut qu'il peut.

– Qu'est-ce que vous faites ? demande Candide.

– Je me rends.

Ce n'est pas une mauvaise idée quand on a oublié qu'on était devenu indifférent à l'idée de mourir. Les autres font comme lui. Une chaloupe commence à descendre le long du flanc du *Ville de Québec*.

Sur la passerelle de navigation, on leur sert du café et des beignets, tandis qu'un infirmier examine la blessure de Donald qui a perdu son dernier pansement dans l'eau mais jure qu'il va très bien. Et tous assistent bouche bée à la destruction du traversier. Trois obus suffisent, cette fois, le *Ville de Québec* s'étant approché tout près pour ne pas gaspiller ses munitions.

Une menace

Depuis hier, la frégate tourne en rond dans le golfe, au sud de l'île d'Anticosti.

En fin d'après-midi, le chef de cabinet du premier ministre arrive en hélicoptère au milieu d'une tempête de neige. Il a pris un hélicoptère civil, quasiment neuf. Le premier ministre a songé qu'il ne suffisait pas que les témoins se taisent jusqu'à la fin de l'élection. Ils pourraient encore causer de nombreux embarras au gouvernement s'ils parlent après l'élection.

Le chef de cabinet est un homme suave, ancien avocat à la parole facile. Il aurait fait un bon agent immobilier et même un bon prof de lettres, se dit Martin Guertin. Il fait réunir les rescapés dans une petite salle et demande aux marins de le laisser seul avec eux.

– Si vous jurez de ne jamais rien dire à propos des événements dont vous croyez avoir été témoins, le gouvernement s'engage – pas par écrit, mais j'ai la parole d'honneur du premier ministre, ce qui est encore mieux – à faire construire un traversier neuf et à remplacer la Mercedes de M. Guertin et la motomarine de M. Latraverse. Mme Labelle et M. Yelle auront, pour leur part, droit à cinquante mille dollars chacun, qui leur seront remis en argent comptant. Non imposable, bien entendu.

– Si on refuse ? demande Martin plus par principe que parce qu'il a vraiment l'intention de refuser une Mercedes toute neuve.

– Dans ce cas, le gouvernement du Canada vous considérera comme citoyens hostiles.

– Citoyens hostiles ?

– Il n'y en a plus que trois dans tout le pays, en ce moment. Ce sont des gens qui sont considérés comme des ennemis de l'État, parce que, par leurs actes ou leurs paroles, ils ont commis des actes susceptibles de créer un tort considérable au pays ou à son gouvernement, même si aucun tribunal ne les a condamnés.

– Et qu'est-ce qu'il leur arrive ?

Le chef de cabinet pousse un long soupir comme s'il n'avait pas du tout envie de répondre à cette question. Mais un instant après il retrouve son sourire. Et c'est avec un plaisir évident qu'il ajoute :

– Un certain nombre de désagréments plus ou moins importants. Par exemple, leurs déclarations de revenus et celles de leurs parents et amis sont scrutées à la loupe. Le moindre accroc devient une montagne et les amendes maximales sont inévitablement réclamées. Les passeports qui leur sont délivrés contiennent comme par hasard suffisamment d'erreurs pour leur créer des tas d'embêtements chaque fois qu'ils essaient de quitter le pays ou d'y revenir. Les fichiers de toutes les banques de données fédérales et de plusieurs banques de données privées appartenant à des entreprises amies du gouvernement – et il y en a beaucoup plus que vous ne le pensez – sont inexplicablement et régulièrement corrompus. Bien entendu, ces personnes ne peuvent plus emprunter un sou, ne peuvent plus toucher de chômage et les chèques de celles qui ont droit à la pension de vieillesse ou au régime des rentes du Canada sont régulièrement livrés à la mauvaise adresse. Si elles déposent de l'argent à la banque, cet argent se retrouve plus souvent qu'autrement dans le compte d'autres personnes. Chaque fois qu'un homonyme commet un crime ou signe un chèque sans provision, cela est systématiquement porté à leur dossier. Les voitures que ces gens achètent, de même que la plupart de leurs appareils électroniques, y compris sinon surtout ceux fabriqués au Japon, sont inévitablement des citrons qui leur coûtent une fortune en réparation et malgré tout ne marchent jamais. Et s'ils en achètent de nouveaux, ceux-là fonctionnent encore plus mal. Leurs réservations d'avion, de train et d'hôtel sont systématiquement perdues ou modifiées. En fait, la liste des petits et grands malheurs qui peuvent s'abattre sur un citoyen hostile prend des dizaines de pages et s'allonge constamment parce que cinq des fonctionnaires les plus imaginatifs de toute la fonction publique fédérale se réunissent régulièrement pour des séances de remue-méninges ayant pour seul et unique ordre du jour d'en inventer de nouveaux qui leur rendront la vie encore plus impossible. La plupart des gens qui ont eu droit à ce titre n'ont pas survécu plus de deux ou trois ans, même s'ils changeaient de pays, parce que le Canada, voyez-vous, jouit d'une excellente réputation non seulement dans le G-7, mais aussi dans un nombre étonnant de petits pays misérables où notre aide internationale pourtant famélique se révèle un excellent placement, quand bien même ce ne serait que de ce point de vue.

– D'accord, je signe, soupire Martin.

– Il n'y a rien à signer. Il n'y a qu'à ne rien dire. Sur rien. Pas un mot. Jamais.

Ce soir-là, avant d'aller dormir dans la cabine qu'il partage avec Trefflé Yelle, Martin Guertin songe à demander au spécialiste des communications du *Ville de Québec* quel a été le résultat des élections.

Elles ont été beaucoup moins favorables que prévu pour les souverainistes. Ils vont former un gouvernement majoritaire, certes. Mais les fédéralistes les battent au pourcentage des voix, ce qui est une victoire morale. Les spécialistes des sondages, pour expliquer leur erreur, prétendent que la neige qui tombait dans l'Est a découragé les gens d'aller voter. Et les sondages donnaient tellement d'avance aux séparatistes que beaucoup d'entre eux n'ont pas fait l'effort d'aller voter.

– Je l'avais prévu, affirme Martin comme s'il détenait des diplômes en météorologie et en science politique.

Un beau traversier tout neuf

Le premier mai, les deux premiers ministres sont à Saint-Ours. Sur un beau traversier tout neuf dont ils sont venus faire l'inauguration. Mme Canada brise sur la coque une bouteille de mousseux ontarien. Mme Québec sourit pour les photographes en espérant que c'est comme ça qu'elle s'en débarrassera.

L'oncle Gaston, qui a sollicité un simple financement d'Ottawa pour remplacer son traversier qu'il croit avoir sombré accidentellement alors qu'il dérivait sans personne à bord dans le Saint-Laurent à la hauteur de Trois-Rivières, a été étonné d'apprendre qu'on lui accordait la somme entière en subvention assortie d'un prêt sans intérêt pour couvrir ses frais d'exploitation. Mieux : Québec a fait rouvrir un chantier maritime qui a promis de construire le bâtiment à temps pour la fonte des glaces et y est presque parvenu.

Après tout, s'est dit Gaston Dupré, on est en période préréférendaire. Aussi bien en profiter.

Fred Vigneault est arrivé sur sa motomarine toute neuve qui lui a été livrée par un camionneur qui ne savait pas d'où elle venait. Pourtant, l'assurance avait refusé sa demande de remboursement. Sans doute a-t-elle changé d'avis.

Candide Labelle et Trefflé Yelle sont là. Ils sont venus dans un ouinébago qu'ils ont acheté avec l'argent du gouvernement. Elle annonce qu'ils vont se marier.

– J'avais promis d'en marier un, dit-elle en guise d'explication. J'ai tiré à pile ou face, puis c'est lui que j'ai gagné.

Et tous les gens de Saint-Ours et de Saint-Roch à qui elle dit cela hochent la tête comme si c'étaient les paroles les plus sensées susceptibles de sortir de la tête d'une jeune femme assez folle pour épouser Trefflé Yelle.

Un agent de police à la retraite, devenu chauffeur de ministre, s'approche d'elle et lui glisse à l'oreille :

– Savez-vous avec qui vous allez vous marier ?

– Il m'a tout raconté.

Oui, Trefflé lui a tout raconté – plus précisément qu'il a tout oublié. Comment Candide pourrait-elle en vouloir à quelqu'un qui ne se souvient de rien ? De toute façon, elle n'a pas été folle au point de lui dire qu'elle a huit millions de dollars en banque.

Donald Latraverse leur fait visiter la cabine.

– Elle est quasiment pareille. Mon oncle a demandé qu'on ait les commandes à la même place, pour pas me mélanger. Ça, c'est pour le moteur. Le gouvernail est là...

Trefflé n'écoute plus. Ce grand manche, dans le coin, c'était ça, le gouvernail ? Pourtant, il est sûr de l'avoir poussé dans toutes les directions possibles. Mais peut-être pas pendant que le moteur tournait. Une chance que Martin Guertin n'est pas là...

– Bon, je suis pas venu ici pour faire des longs discours, dit M. Ottawa. Je suis juste venu vous dire que le fédéral est toujours là quand vous avez besoin de lui. Et le jour qu'il sera plus là, vous allez en avoir besoin quand même, mais ça empêchera pas qu'il sera plus là.

M. Québec dit, plus poétiquement :

– Les traversiers, dans le fond, ce sont des ponts. Des ponts entre les gens, entre les rives, entre les villages et les villes, entre les producteurs agricoles et leurs marchés, entre les travailleurs et les industries. Même s'ils peuvent paraître folkloriques aujourd'hui, ils sont essentiels à la croissance économique, touristique et patrimoniale du Québec de demain.

Sur un signal du chef de cabinet de M. Ottawa, Donald actionne alors la sirène toute neuve, conforme aux normes les plus récentes de la Garde côtière canadienne. Des deux côtés du Richelieu, les bedeaux de Saint-Ours et de Saint-Roch font sonner leurs cloches à toute volée.

Il y a ensuite un moment de silence ému lorsque Donald met le moteur en marche. Et tous reconnaissent unanimement que c'est un bien meilleur moteur que celui du vieux traversier. Juste à l'entendre, on entend bien.

Gilles Saint-Amour a tourné un long moment autour du ministre des Transports fédéral. Il veut lui parler de son projet d'installer ici-même, à Saint-Ours, un atelier de réparation de moteurs nautiques. Comme ça, le traversier et les bateaux de plaisance ne seront plus forcés de descendre à Sorel à la moindre avarie. Pour ça, il faudrait que le gouvernement comprenne qu'il ne sert à rien de payer pour des traversiers si on n'est pas prêt à payer pour les faire réparer.

Mais il est trop intimidé pour s'approcher du ministre, entouré de gardes du corps et de journalistes. Il prend un autre verre de vin après avoir jeté son verre vide par-dessus bord pour faire croire que c'est son premier. Amélie, elle, sait que c'est le quatrième. Sans compter ce qu'il a bu à la maison pour surmonter sa timidité appréhendée. Elle offre :

– Veux-tu que je lui parle, moi ?

– Je suis capable.

Il se dirige plutôt vers la cabine de Donald. Celui-ci lui sourit. Gilles a l'intention de lui remettre son portefeuille. Mais il commence par inspecter la cabine toute neuve. Il se penche pour mieux apprécier l'épaisseur du capitonnage qui recouvre la banquette, de la taille d'un petit lit. Mais pourquoi un lit dans la cabine d'un traversier ? se demande Gilles. Jamais personne ne dort là-dedans. Il ricane :

– Vous allez être bien, là-dessus.

Donald ne saisit pas l'allusion. Amélie, oui.

– Viens-t'en, Gilles, t'avais promis...

Gilles ricane encore, pose son verre vide sur la banquette en similicuir. Il sort gentiment de la cabine, va s'en chercher un autre, plein.

Donald les suit des yeux. En fait, c'est Amélie qu'il suit des yeux. Elle entraîne son mari à l'arrière du traversier. Ils discutent. Tout à coup, Gilles change son verre de main et donne une gifle à sa femme de sa seule main capable de gifler à son goût. Donald hésite une seconde. Non, même pas une seconde : le temps que Gilles met à reculer la main pour lancer une autre gifle à sa femme, il est sur lui.

– Pas sur mon bateau ! s'écrie-t-il.

Gilles le voit s'approcher et jette son verre, déjà vide, alors ça n'est pas grave, dans la rivière. Il accueille Donald avec un solide droit à l'œil gauche – celui qui est encore douloureux les jours de pluie. Donald recule, puis fonce de toutes ses forces, empoigne Gilles à la taille et les deux hommes tombent par-dessus bord.

À l'autre extrémité du traversier, les deux premiers ministres et leurs entourages respectifs n'ont rien vu.

Mais des agents de la GRC – ceux qui sont dans le bateau de la Garde côtière qui suit le traversier – ont vu deux hommes tomber à l'eau. Qui ? Ils n'en savent rien. Ce pourrait être du menu fretin : journalistes ou attachés politiques. Mais il pourrait y avoir là un ministre ou même un premier ministre, séparatiste ou non. Ils font vrombir le moteur de leur embarcation et contournent le traversier pour aller les repêcher de l'autre côté. Gaston Dupré leur a dit de faire attention au câble, de ne pas passer à moins de dix mètres. Ils ont oublié, ou bien c'est difficile d'évaluer dix mètres quand un premier ministre pourrait être en train de se noyer. Ils passent à huit ou neuf mètres du traversier, peut-être moins. L'arrière de leur bateau se soulève dans un craquement d'enfer.

– Le câble ! s'écrie Trefflé qui a reconnu le claquement du câble d'acier qui se casse, suivi du sifflement du câble fou qui défile dans la poulie.

Déjà, le traversier dévie de sa course et commence à se placer parallèlement au courant, comme l'*Amélie I* le faisait si bien.

– Qu'est-ce qui se passe ? s'inquiète M. Québec.

Autour de lui, les gens se jettent dans l'eau peu profonde et pataugent en direction du rivage. Lui ne bouge pas. M. Ottawa, qui a fait deux pas en avant pour suivre les autres, se ravise en voyant que son vis-à-vis reste là. Il croit avoir entendu dire qu'une épave appartient à la dernière personne qui reste à bord. Pas question de laisser ce bateau tout neuf, payé avec les deniers fédéraux, dans les mains d'un premier ministre séparatiste.

Les agents de la GRC en civil, qui s'étaient jetés à l'eau et tendaient leurs bras à leur chef pour avoir l'honneur de le porter sain et sec jusqu'à la rive, regardent la scène avec effarement.

Les deux premiers ministres sont maintenant seuls sur le traversier qui s'éloigne dans le vif courant printanier.

– Jusqu'où on peut aller? crie l'un d'eux, peu importe lequel.

C'est Candide, du rivage, qui répond:

– La dernière fois, on est allés jusque dans le golfe.

Son regard croise celui du chef de cabinet de M. Ottawa, qui met un doigt sur sa bouche pour lui faire comprendre que si elle dit un mot de plus elle sera déclarée citoyenne hostile. Elle lui tire la langue.

Les deux premiers ministres se regardent eux aussi, en s'efforçant de sourire, parce que les photographes de la presse et les cameramen de la télévision, qui ont été les premiers à quitter le navire à cause de la fragilité de leurs appareils, les mitraillent depuis la berge.

Il est évident que le traversier n'ira pas bien loin, et que la Garde côtière, la GRC et même le bateau de la SQ, qui vient de saborder celui de la Garde côtière en voulant peut-être lui venir en aide, vont les tirer de là bientôt. Sinon, ce sera la marine. À moins, bien entendu, qu'il ne se présente des difficultés inattendues.

– Faites venir un hélicoptère, crie M. Ottawa.

– Demandez-en donc deux, chuchote à son oreille M. Québec qui déteste demander l'aide du fédéral, mais n'hésite pas longtemps quand c'est absolument nécessaire.

– Envoyez-en deux. Mais pas des vieux.

Martin Guertin est arrivé en retard. Ou plutôt il a mis beaucoup de temps à garer sa nouvelle Mercedes dans un endroit où personne ne risquera d'abîmer la carrosserie.

Mais il était aussi parti avec un peu de retard. Depuis décembre, il travaille comme un défoncé. Il a complètement oublié la recette du bonheur instantané. En fait il la trouve un peu conne. Comme si on pouvait être heureux juste à se dire qu'on l'est.

Il a laissé la Mercedes devant l'église de Saint-Roch. Aux alentours, il y a plusieurs maisons qui ne sont pas mal du tout. Pas des maisons à un demi-million, mais, si on veut réussir dans ce métier et pas seulement vivoter, il faut accepter d'en vendre qui valent cinq fois moins.

Il marche d'un pas vif vers la descente du traversier.

Du sommet, il aperçoit l'*Amélie II* qui s'éloigne au milieu des petites embarcations affolées. Il reconnaît la silhouette des derniers passagers. Et il se dit aussitôt qu'il doit bien y avoir, dans cette scène des deux premiers ministres partant à la dérive, une métaphore du Québec et du Canada d'aujourd'hui.

Mais il n'arrive pas à trouver laquelle.

Tant pis.

Cabarete (République dominicaine), Saint-Antoine-sur-Richelieu (Québec) et plusieurs lieux de Provence et de Corse, d'octobre 1998 à novembre 1999

Table

→ Ai beaucoup aimé ce livre -
Savoureux - Subtilement drôle !
Odile - 8 avril 2000 -

"Tant pis" ne m'a pas appris grand'chose
sauf que le Richelieu peut devenir une rivière
étonnante quand un traversier s'y promène
sans gouvernail. Barcelo est un auteur très
agréable à lire même quand il se laisse distraire
par les choses politiques.

J.B. 14/4/2000

CET OUVRAGE
COMPOSÉ EN GARAMOND CORPS 14 SUR 16
A ÉTÉ ACHEVÉ D'IMPRIMER
LE SIX JANVIER DEUX MILLE
SUR LES PRESSES DE TRANSCONTINENTAL
DIVISION IMPRIMERIE GAGNÉ
À LOUISEVILLE
POUR LE COMPTE DE
VLB ÉDITEUR.

IMPRIMÉ AU QUÉBEC (CANADA)